Le café des écorchés

Frédérique Mosimann

Le café des écorchés
Roman

© 2020 Mosimann, Frédérique

Édition : BoD – Books on Demand,
12/14 rond-point des Champs-Élysées, 75008 Paris
Impression : BoD - Books on Demand, Norderstedt, Allemagne
ISBN : 9 782 322 203 758
Dépôt légal : Février 2020

Illustrations

Couverture : Écorchure – Frédérique Mosimann
4e de couverture : Tendresse Sibylline –
William Monteiro

Infographie

William Monteiro

À mon Tonton...

À toutes les femmes et tous les hommes en souffrance, qu'elles soient physiques ou psychologiques, n'oubliez jamais que la roue tourne, emplissez-vous d'espoir, ne vous interdisez pas le bonheur, aimez-vous, vous y avez droit !

Chapitre 1
Un lieu atypique

Pénélope déambulait dans le centre de Bordeaux, préoccupée par son rendez-vous de 11 heures, au numéro 7 de la rue du Pont de la Mousque. Elle se demandait comment ce dernier allait se dérouler, ce qu'il lui réservait, et elle ne savait pas comment l'appréhender, ce qui la déstabilisait énormément.

Son angoisse grandissante, elle décida de quitter le chahut de Sainte-Catherine, artère piétonne toujours bondée qui reste un lieu incontournable de cette belle ville de Bordeaux. Elle emprunta les petites ruelles, jusqu'à ce que le 2, rue Courbin l'interpelle.

Elle se sentait attirée, tout comme si la façade de ce vieux café était aimantée, et que sa charge magnétique lui disait : viens, entre ! Sans réfléchir, elle poussa la porte et fut émerveillée par l'atmosphère et par la chaleur qui se dégageait de cet endroit.

Un mélange de bars, de librairies et de brocante s'offrait à son regard ébahi. Comment était-il possible qu'un tel lieu existe dans sa ville sans qu'elle le sache ? Il est vrai qu'elle ne prenait les petites rues de traverses que depuis peu. Auparavant, elle déambulait la tête haute à travers les rues très fréquentées de Bordeaux.

Elle se mit à contempler cet endroit et remarqua que les murs étaient en « pierre de Bordeaux ». Des tomettes d'origine, couleur rouille, apportaient de la chaleur à cet intérieur dont l'éclairage chaud, mais tamisé, suggérait le délassement. Le contraste entre la pierre blanche et les tomettes rouille dégageait une ambiance apaisante.

Comme elle avait du temps devant elle, elle décida de s'installer à une table pour contempler le décor que lui proposait cet établissement, tout droit sorti d'un songe.

Il représentait tout ce qu'elle aimait : les livres qui étaient ses fidèles compagnons de route depuis son enfance, le vieux mobilier qui racontait son histoire au fil du temps, et la tenancière derrière son comptoir qui dégageait tant de chaleur et de bienveillance.

Plongée dans ses pensées et dans son rêve éveillé, Pénélope ne vit pas arriver Eugénie qui la fit sursauter :

— Alors ma jolie, qu'est-ce qui vous ferait plaisir ?
Sortie brusquement de son émerveillement, Pénélope balbutia :

— Euh..., servez-moi un petit noisette, s'il vous plaît.

Eugénie s'en retourna au comptoir pour lui préparer sa commande tout en chantonnant. Cette femme, plus toute jeune, dégageait une bonhomie, une envie de satisfaire ses clients qui étaient chose rare de nos jours, et qui rendaient cet endroit encore plus précieux aux yeux de Pénélope.

Repartie dans le tumulte de ses pensées, Pénélope ne se rendit pas compte qu'Eugénie avait déposé sur la table une tasse avec un expresso, un petit pot de lait chaud, le tout accompagné d'un biscuit et du traditionnel bâtonnet de sucre. La délicatesse dont Eugénie avait fait preuve la fit sourire.

Le temps filait si vite qu'il était déjà l'heure de partir pour son rendez-vous de 11 heures. Pénélope se sentait moins angoissée après ce moment passé dans cet endroit plein de surprises. Sans doute, la magie dégagée par le café et la tendresse d'Eugénie avaient su l'apaiser, sentiment méconnu pour elle aujourd'hui.

Elle se déplaça au comptoir afin de payer.

— Excusez-moi, Madame, puis-je vous régler ?

— Bien sûr, vous nous quittez déjà ?

— Eh oui, je n'ai malheureusement pas le choix, j'ai un rendez-vous important à 11 heures.

Le ton et la mine sombre de Pénélope provoquèrent chez Eugénie le même effet qu'un coup de poignard dans le cœur.

— Alors ça fera 1,50 €.

Pénélope, le regard vide, régla sa note et s'en alla. Lorsqu'elle arriva sur le pas de la porte, Eugénie lui dit :

— Bonne journée, j'espère vous revoir très vite !

Pénélope partit tête baissée, sans même se retourner, errant dans la rue comme une âme en peine.

Eugénie interpellée et touchée par cette jeune

femme ne put s'empêcher de se poser des questions à voix haute :

— La pauvre petite, si mignonne, mais tellement ravagée à l'intérieur, que lui arrive-t-il et quel est ce mystérieux rendez-vous de 11 heures qui a l'air de la bouleverser ? Ah ! chienne de vie, pourquoi tortures-tu cette demoiselle ?

Eugénie en resta là de ses tergiversations et s'installa, nostalgique, derrière son comptoir.

Si la vie n'avait apparemment pas épargné Pénélope, Eugénie avait eu, elle aussi, son lot et cachait, derrière sa bonhomie, une grande tristesse. Elle continuait, malgré tout, à ouvrir tous les jours son café pour servir ses clients de moins en moins nombreux.

Lasse de ses pensées, Eugénie émit tout de même le souhait que la petite revienne. Elle ressentait au fond d'elle que cette rencontre n'était pas due au hasard, et que si leurs routes s'étaient croisées, il y avait bien une raison.

Chapitre 2
Eugénie

Eugénie, du haut de ses 76 ans, prit place à la table où Pénélope s'était installée et laissa voguer ses souvenirs sur son parcours de vie...

Comme bon nombre de jeunes filles dans les années 60, Eugénie était tombée enceinte à l'âge de 16 ans et avait caché sa grossesse le plus longtemps possible à ses parents, ignorant quelle pourrait être leur réaction.

Heureusement pour elle, ils étaient ouverts et aimants. Ils n'avaient pas émis de jugement, et ne l'avaient pas acculée. Au contraire, ils l'avaient accompagnée et soutenue.

À l'époque, il n'y avait pas cinquante solutions, on trouvait le papa et l'on mariait le duo. Nous ne nous rendions pas compte que le nouveau couple était composé de deux gosses, qui avaient « fauté », mais voilà, ce qui est fait, est fait.

Elle donna naissance à un fils sans imaginer le bonheur et le lien indéfectible qui les unirait à tout jamais. Pour Eugénie, c'était là le début de sa première véritable histoire d'amour.

Quelques années plus tard, une fille pointa le bout de son nez, mais le couple vacillait. Son mari avait tendance à boire énormément ce qui rendit la vie d'Eugénie et de ses enfants, précaire.

Lorsque ses parents se rendirent compte de la situation dans laquelle vivait Eugénie, la décision de la séparation fut prise. Il ne servait à rien de mettre tout un ménage en danger pour les seuls actes du père, qui ne se comportait pas en tant que tel.

Peu après son divorce, Eugénie alla à une soirée dansante, et laissa ses petits sous la garde aimante de leurs grands-parents. Elle était encore si pétillante, il fallait bien qu'elle vive tout de même un peu sa jeunesse, même si cette dernière avait déjà été raccourcie et qu'elle avait dû grandir très vite.

En arrivant à la salle de bal, elle le vit. Grand, élancé, beau, ténébreux, la voix grave. Elle sut à ce moment-là qu'il serait l'homme de sa vie !

À partir de cet instant, Eugénie mit tout en œuvre pour le conquérir. Elle alla même jusqu'à emmener sa propre mère avec elle dans les bistrots, afin qu'elle l'aide dans ses manigances pour l'approcher et le posséder.

Divorcé, père de 4 enfants, il ne comprenait pas ce que cette «jeunette» pouvait bien lui trouver. Il était plus âgé et son parcours de vie lui faisait croire qu'il n'avait rien de bien à lui offrir.

Il esquivait toutes les tentatives d'Eugénie, allant jusqu'à se cacher sous les tables lorsqu'il la voyait entrer. Il ne se doutait pas, à quel point elle était prête à tout pour parvenir à ses fins.

Las de se battre, et malgré lui fort attiré par cette femme, il baissa la garde et ce qui devait arriver, arriva. Ils tombèrent passionnément amoureux et décidèrent d'unir leurs vies après avoir vécu quelques années ensemble.

Les débuts furent compliqués pour Eugénie qui n'était pas acceptée par ses enfants, il est vrai que sa différence d'âge avec son aînée ne dépassait guère la quinzaine d'années. La force de leur amour leur permit de passer outre les tempêtes, et de vivre de merveilleux moments.

Eugénie l'avait su de suite, ce serait lui et aucun autre. Elle ne s'était pas trompée !

À la fin des années 60, il était difficile pour un artisan de nourrir une famille de 6 rejetons, raison pour laquelle, Eugénie et lui n'eurent pas de bambin ensemble. Par contre, Eugénie rêvait secrètement de reprendre ce petit bar situé 2, rue Courbin.

À chaque fois qu'ils passaient devant, Eugénie lui disait :

— Tu sais mon chéri, je serais heureuse de rouvrir ce café, je m'y sentirais tellement bien, ce pourrait être un peu « notre bébé ».

Et sans se lasser, il lui répondait :

— Mon amour, les temps sont difficiles, nos enfants ne sont pas tous hors de la coquille. Nous avons d'autres priorités, mais je sais ce que tu souhaites, un jour peut-être…

Les années passèrent et Eugénie ne cessait de penser au petit bar, se disant que son mari, tellement habile de ses mains pourrait en faire une merveille. Il pourrait être l'enfant qu'ils n'avaient pas eu. Une fois hors de ses rêveries, elle mettait de côté ce désir inaccessible, remplie de mélancolie.

Alors qu'elle s'était fait une raison sachant que le café resterait une illusion, son adoré lui proposa d'aller faire une promenade dans les rues de la ville.

Eugénie, fatiguée par une semaine de nettoyage de lycée, n'avait pas une envie folle de quitter son nid douillet pour aller déambuler dans les rues de Bordeaux, mais voyant l'excitation de son mari, finit par accepter.

Au cours de leur promenade, elle ne se doutait absolument pas de la surprise que lui réservait son bel amour, qui la baladait de rue en rue.

Arrivés au 2, rue Courbin, il lui demanda de fermer les yeux, ce qu'elle fit immédiatement, rêvant secrètement que ce jour serait le début d'une nouvelle aventure.

Son mari la fit languir un peu, puis il lui dit :
— Mon amour, ouvre les mains.

Eugénie emplie d'impatience obtempéra sans poser de questions et c'est là que, tout en douceur, il lui mit un trousseau de clés dans les mains et lui dit :

— Voilà mon cœur, ce café tant espéré est enfin à toi, tu pourras en faire ce que tu voudras.

Eugénie, le souffle coupé par cette surprise lui sauta au cou.

— Oh ! mon amour, mais… mais comment cela est-il possible ? Nous n'avons pas l'argent pour payer ce café, quelle folie as-tu faite ?

Il lui répondit :
— Depuis la première fois où nous sommes passés devant cet établissement, j'ai mis de côté quelques

pièces chaque jour, sans te le dire et voilà qu'aujourd'hui, ce bar est à toi.

— Mais enfin, pourquoi ne m'en as-tu jamais parlé ?

— Je ne l'ai pas fait, car j'avais peur de te décevoir en n'arrivant pas à économiser le montant qu'il fallait pour l'acheter. Mais quand je vois tes yeux tout pétillants à cet instant, je ne regrette rien.

Eugénie, pleine d'émotions et de reconnaissance, se jeta dans les bras de cet homme qu'elle affectionnait tant et lui murmura à l'oreille :

— Merci, mon chéri, je t'aime.

Dès lors, ils mirent tout leur cœur dans la décoration du café. Eugénie souhaitait que cet endroit soit empli de chaleur et qu'il y fasse bon vivre pour sa clientèle. Ce fut chose faite quand ils décidèrent de récupérer du mobilier ancien et de l'agrémenter de livres de tous horizons, afin d'offrir aux clients un havre de paix.

Le bar se transforma vite en un lieu incontournable de Bordeaux où les badauds et autres touristes aimaient venir s'installer pour refaire le monde, philosopher, rire et chanter.

Mais voilà, depuis quelques années, avec l'ouverture de nouveaux établissements, le café devenait désert et le cœur d'Eugénie s'était assombri.

Chapitre 3
Chemin faisant...

Pénélope quitta la rue Courbin, le cœur lourd. Le bar lui avait permis de se ressourcer certes, mais il avait surtout laissé beaucoup de choses sombres de son passé remonter en surface. Elle qui était convaincue d'être guérie de tout ça, elle se rendit compte que ce n'était nullement le cas.

Elle cheminait en direction du numéro 7 de la rue du Pont de la Mousque. Avancer était un bien grand mot, elle était tellement occupée par ses réflexions qu'elle avait plutôt l'impression de reculer.

Parvenue au croisement de la rue du Pont de la Mousque et de la rue Courbin, elle ne remarqua pas l'homme grand et brun qui arrivait face à elle, et le percuta de plein fouet. Pénélope confuse lui dit :

— Pardon, Monsieur, je suis désolée, je ne vous avais pas vu !

Lui, apparemment aussi pris par ses pensées, répondit d'un ton bourru en la regardant droit dans les yeux :

— Y'a pas de mal !

Pénélope, un peu secouée, l'observa partir et distingua qu'il empruntait la rue Courbin.

Une fois remise de ses émotions, Pénélope revit le regard que lui avait lancé cet homme. Un regard froid, voire glacial. Ce regard, elle en était sûre, cachait un grand déchirement, mais lequel ?

Son visage dégageait pourtant quelque chose de si doux qu'il avait l'air très gentil malgré les apparences.

Pénélope, très empathique, se dit que cet homme avait certainement eu des soucis à son travail et qu'il était pressé de rentrer chez lui afin de passer à autre chose. Puis elle se rappela qu'il n'était pas l'heure du déjeuner et que ce pauvre homme devait souffrir énormément, ce qui lui rendit le cœur lourd.

Laissant planer ses idées, Pénélope se remit en route, mais n'arriva pas à penser à autre chose qu'à cet inconnu qu'elle venait de percuter. Il est vrai qu'elle apprivoisait sa douance[1], elle ressentait toujours le besoin de tout comprendre et surtout, les faits inexplicables dus au hasard.

***

Lui, de son côté, se retourna, puis une deuxième fois et reprit son chemin en secouant la tête.

---

1. *Traduction de « giftedness », le fait d'être gifted (surdoué) en québécois. À ma connaissance, le vocable a été forgé par le Professeur François GAGNE, universitaire québécois reconnu internationalement, et est maintenant devenu d'un emploi courant. Il est beaucoup plus joli que le terme franco-français « surdouement ».*

Comme à son habitude il s'en voulut d'avoir réagi avec autant de froideur envers cette jeune femme si désolée et perdue.

Il se surprit en esquissant un sourire sur ses lèvres tout en repensant à la scène qu'il venait de vivre, mais il était triste, si triste.

Cette femme alerte avait réussi à le toucher sans le vouloir. Son regard perdu, sa petite voix quand elle lui avait présenté ses excuses, et le rougissement de ses joues. D'y songer le fit à nouveau sourire.

Lui, qui avait déjà été tant blessé, se mit à essayer de comprendre pourquoi la jeune dame était si fermée et si chagrinée. Elle avait pourtant l'attitude d'une personne sûre d'elle, intelligente et dynamique. Quel secret cachait son regard bleu ?

Sorti vivement de ses pensées par un :

— Ah ben ! bonjour, Guillaume, comment allez-vous aujourd'hui ?

Il réagit au timbre de la voix d'Eugénie.

— Bonjour à vous, chère Eugénie, ça va, ça va et vous ?

Sans réponse d'Eugénie, ils entrèrent ensemble dans le café.

Comme Guillaume était un fidèle client, Eugénie ne prit même pas la peine de lui demander ce qu'il souhaitait consommer et lui apporta son café qu'elle déposa sur la table.

— Merci, Eugénie, je n'ai plus rien besoin de vous dire, quelle mémoire !

— Oh ! vous savez mon bon Guillaume, vous êtes l'un de mes derniers habitués alors, pour moi, c'est normal de me souvenir de vos préférences. Je sais qu'en matinée c'est le café et dans l'après-midi votre soda bien frais avec une rondelle de citron.

Eugénie qui était très observatrice et qui connaissait ses clients par cœur, se rendit compte que Guillaume semblait ailleurs et se permit de lui dire :

— Vous m'avez l'air bien sérieux, Guillaume, en ce milieu de journée. Pourtant il fait beau, les oiseaux chantent, les jolies filles sont en minijupes.

— Oh là ! effectivement, je suis un peu pensif, mais ça n'a rien à voir avec les jupettes, qu'on soit bien d'accord ! Il lui répondit en riant.

Sa complicité avec Eugénie étant grande, il lui raconta sa rencontre avec la jeune femme qui l'avait percuté dans la rue non loin de là.

À la fin de son récit, Eugénie mit ses deux mains devant sa bouche et lui dit :

— Mais Guillaume, comme vous me la décrivez, je suis certaine que c'est la p'tite dame qui est venue boire son noisette tout à l'heure ! Elle était tellement charmante, mais si triste. Il me semble qu'elle avait un rendez-vous important. Oui, c'est ça, et je crois que ce rendez-vous était prévu à 11 heures.

Guillaume regarda Eugénie et lui dit :

— Si jamais vous la recroisez, pourriez-vous m'excuser auprès d'elle pour ma froideur ? Elle paraissait déjà dans tous ses états et voilà que j'en ai rajouté une couche.

— Avec grand plaisir. J'espère de tout cœur que nous la reverrons ici, car j'ai comme l'impression que ces rencontres sont le fruit du destin.

Guillaume régla sa note et s'en alla, laissant la

douce Eugénie seule avec ses pensées.

Ces dernières voguèrent vite. Eugénie n'était pas folle. Même si elle ne connaissait rien du passé de Guillaume ni de celui de la jeune femme arrivée par hasard dans son café, elle était convaincue que tous les deux avaient beaucoup plus de choses en commun qu'ils ne croyaient.

Du coup, Eugénie retrouva son énergie d'antan et se promit de tout faire pour que ces deux-là puissent enfin être soulagés et vivre heureux.

Chapitre 4
7, rue du Pont de la Mousque

Arrivée au 7, rue du Pont de la Mousque, Pénélope pénétra dans le bâtiment et se dirigea vers l'escalier pour se rendre au 2e étage.

Comme indiqué sur la plaquette, elle sonna et voulut entrer, mais la porte était fermée à clé, ce qui la surprit. Elle effectua une nouvelle tentative en la tirant cette fois-ci, mais toujours sans succès. Elle contrôla l'heure à sa montre, il était pourtant bien 11 heures.

Elle consulta son agenda afin de vérifier si le rendez-vous était bien aujourd'hui et constata qu'elle l'avait bien noté. Elle chercha et trouva la petite carte remplie par le médecin et vit qu'il avait aussi indiqué cette date.

Elle s'assit sur les escaliers et se dit qu'il avait certainement eu une course à faire et qu'il n'allait pas tarder. Les minutes passèrent et toujours rien. Elle se décida alors à appeler. Le répondeur téléphonique n'informait pas d'une éventuelle absence, elle resta sur les marches à patienter encore un moment.

Au bout de trente minutes, elle se résolut à partir. Rien ne servait de demeurer là à attendre davantage, car de toute manière, s'il arrivait maintenant, son prochain patient suivrait dans la foulée.

Perplexe quant à ce manquement, elle redescendit l'escalier et déboucha dans la rue. Elle ne comprenait pas pourquoi il lui avait posé un lapin. Un médecin se doit d'être présent pour sa patientèle et, en cas d'urgence, il devrait avertir afin de déplacer un rendez-vous, mais laisser ses patients sans nouvelles, c'était un peu fort.

Comme elle en avait l'habitude, elle songea à se rendre au monument des Girondins à la place des Quinconces afin de réfléchir et se ressourcer. Cet endroit chargé d'histoire avait toujours un effet apaisant sur elle.

Réfugiée dans son monde, Pénélope ne se rendit pas compte que plutôt que de s'orienter en direction de la place de la Comédie, elle prenait le parcours inverse, et se dirigeait à grands pas vers la rue Courbin.

Lorsqu'elle le réalisa, elle se trouvait devant le café, et vit Eugénie qui lui faisait des signes afin qu'elle entre avec un sourire resplendissant.

Pénélope poussa la porte d'entrée et alla s'installer à la même table qu'auparavant.

Eugénie, surprise de revoir la jeune femme si vite, s'interrogea et fut stupéfaite de constater la mine renfrognée que dégageait son si doux visage. Elle s'avança vers elle :

— Eh bien, ma jolie ! que vous arrive-t-il ? Vous avez l'air complètement sens dessus dessous.

— Désolée, je boirai volontiers un cola sans glaçons. Merci.

Eugénie alla derrière son zinc et réalisa à quel point cette petite était déconfite et lointaine.

Elle lui apporta sa commande et s'assit en face d'elle.

— Je ne veux pas m'imposer, mais dites-moi quel est votre prénom.

— Ah ! pardon, navrée j'étais prise par mes pensées. Je me prénomme Pénélope, et vous ?

— Moi, c'est Eugénie, et je suis tellement enchantée de faire votre connaissance, si vous imaginiez.

Pénélope se surprit à sourire au doux son de la voix d'Eugénie.

— Ma pauvre Pénélope, vous voir comme ça triste me fend le cœur. C'est volontiers que je partage votre fardeau avec vous. Je suis une oreille bienveillante et discrète.

— Vous êtes gentille, mais il y aurait tant à dire que nous y passerions des semaines. Il faut que je fasse avec, c'est tout. Un jour, j'espère, tout ira mieux.

Eugénie, ne sachant que faire pour soulager Pénélope, se souvint alors de sa discussion avec Guillaume.

— Dites-moi, j'ai juste une petite question et après je vous fiche la paix. Est-ce vous qui avez percuté un jeune homme sans le vouloir tout à l'heure ?

Surprise, Pénélope répondit :

— Euh… oui effectivement. Comment le savez-vous ? Ça s'est passé à l'autre bout de la rue.

Eugénie dit :

— Guillaume est l'un de mes clients habitués, et je l'avoue, l'un de mes préférés. Il est venu ici juste après et m'a raconté son aventure.

— Ah bon ! vous le connaissez.

— Eh oui, à croire qu'il n'y a pas de hasard !

— Et comment avez-vous su que c'était moi ?

— Lorsqu'il m'a décrit la jeune femme en question, sa direction et la peine qui émanait d'elle, j'ai pensé à vous de suite.

— D'accord, j'ai l'air si désespéré que ça ?

— Vous ne vous en rendez peut-être pas compte, ma chère, mais il est vrai que vous dégagez énormément de tristesse, malgré votre douceur. Peut-être est-ce à cause de cette tendresse que j'ai envie de vous tendre la main.

— Vous savez, ce que vous dites me touche, mais comment pourrais-je me confier à une simple inconnue, excusez-moi, mais c'est tout de même le cas, alors que je ne me livre pas à mon entourage ?

— Voilà, c'est tout l'avantage de parler avec une personne que l'on ne connaît pas, il n'y a pas à avoir peur du jugement.

Eugénie se leva.

— Je vous en prie, Eugénie, restez avec moi encore un instant.

Eugénie se dit qu'elle avait fait le plus gros.

— Au fait, Pénélope, avant que j'oublie, Guillaume regrette son comportement. Il était vraiment navré d'avoir réagi si froidement. Vous savez, je pense que lui aussi a un sacré poids sur les épaules.

— Effectivement Eugénie, je l'ai trouvé si triste et

préoccupé. Vous lui direz que j'accepte ses excuses, mais qu'elles ne sont pas nécessaires. C'est moi qui lui suis rentrée dedans sans m'en rendre compte, il n'y est pour rien.

Eugénie sentit que Pénélope allait enfin s'ouvrir quelque peu. Elle était si heureuse de pouvoir l'aider et lui apporter une oreille attentive qu'elle était au bord des larmes.

Et c'est là qu'elle se souvint du rendez-vous de 11 heures, pour lequel Pénélope était tant tracassée, et ne sut si elle allait oser lui en parler.

Chapitre 5
La chrysalide éclot

Eugénie se résolut à laisser les choses se faire naturellement. Elle n'allait pas renfrogner Pénélope avec des questions qu'elle pourrait juger indiscrètes, et préféra lui donner le choix de décider ce qu'elle souhaitait partager.

L'une en face de l'autre, Pénélope toisait Eugénie et se demandait jusqu'à quel point elle pouvait lui faire « confiance ». Elle qui avait été tant trahie, restait sur ses gardes.

Eugénie lui dit :

— Vous savez, j'aurais aimé que ma fille soit comme vous.

Elle retint ses larmes.

— Eugénie, que vous arrive-t-il ? Vous n'avez pas l'air bien tout à coup.

— Non, non, ce n'est rien, d'ailleurs c'est déjà passé.

Pénélope, rassurée par la sensibilité d'Eugénie décida de se livrer un peu.

— Vous savez, je traverse une période difficile. Je suis en « burnout » et toute ma vie s'écroule.

— Oh ! mais ne dites pas ça, Pénélope, il y a toujours de l'espoir et un nouveau départ !

Sachant qu'Eugénie ne pouvait pas comprendre ce qui lui arrivait, Pénélope lui expliqua en détail ce qu'elle traversait.

***

« Un vendredi de mars, mon réveil a sonné comme tous les jours à 6,48 heures, mais contrairement aux autres matins, il m'a été totalement impossible de me lever. Mon cerveau me disait :

— *Lève-toi, tu dois te préparer !*

Mais mon corps n'obtempérait pas.

Je ne comprenais pas ce qu'il se passait. J'ai commencé à paniquer, me croyant handicapée ou je ne sais, mais malgré toute ma volonté et ma force de caractère, je n'arrivais pas à sortir de mon lit.

Cet épisode fut fort angoissant, car je me posais 100 000 questions. Je devais aller travailler, même si c'était un vendredi. En plus, le chef n'était pas là, mais je n'y parvenais pas.

Heureusement, mon portable qui me servait de réveil était près de moi. J'ai téléphoné au bureau pour aviser que j'étais "malade" et que je donnerai des nouvelles dans le courant de la journée.

Après avoir contacté un collègue pour avertir de mon absence, j'ai attendu 8 heures pour appeler mon médecin traitant afin d'avoir une consultation. Il était malheureusement en déplacement ce jour-là.

Son assistante m'a rassuré, me disant de me calmer, de respirer tranquillement par la bouche et de dormir encore un peu, que certainement je réussirais à me lever plus tard, et elle m'a fixé un rendez-vous pour le lundi.

N'ayant pas d'autres choix, j'ai écouté ses conseils qui m'ont été utiles. J'ai décommandé tous les rendez-vous du week-end et je me suis rendormie. Les proches à qui j'avais envoyé des messages d'annulation ne comprenaient pas et s'inquiétaient.

— *Vous ne vous rendez pas compte, mais, j'ai ressenti tellement de peur, j'étais totalement tétanisée !*

Une fois réveillée, j'appréhendais de me lever. J'avais la crainte que mon corps s'y refuse, mais cette fois-ci, j'ai réussi avec peine à m'extraire de mon lit. J'ai envoyé des messages aux personnes qui s'étaient inquiétées, car je n'avais aucune envie de parler.

Plus tard, une amie que je connais depuis plus de 30 ans m'a appelée. J'ai tout de même décroché le téléphone. Je lui ai expliqué ce qui m'était arrivé le matin, ce à quoi elle m'a répondu :

— *Ah, enfin ! je me demandais quand tu allais lâcher. Tu ne t'en rendais pas compte malgré mes avertissements, mais la corde était de plus en plus effilée.*

Venant d'elle, j'ai accepté. Comme elle était passée par là, je ne pouvais que la croire. Par contre, il ne m'était pas possible de verbaliser le mot "burnout", l'entendre non plus. Dans ma tête, il était certain que j'allais reprendre le boulot le lundi comme si rien n'était arrivé.

Après avoir passé tout le week-end à dormir, ne pas manger, ne pas me laver, car je n'en avais pas la force, je n'étais pas capable d'aller travailler.

Comme je n'avais pas eu mon chef au téléphone, je me devais d'aller lui parler avant mon rendez-vous chez le médecin. Il fallait qu'il comprenne que je n'étais pas bien, mais que ça ne durerait pas, que je n'allais pas le laisser tomber et que je me rétablirais. Je me disais que j'étais forte et que je surmonterais ça très vite.

Le lundi matin, après une nuit blanche, je me suis levée pour aller au bureau. J'y suis parvenue, peut-être parce que je savais que je n'y resterais pas, je ne vois pas comment l'expliquer autrement.

— Je comprenais que ma situation médicale était grave, mais elle l'était moins que ma mine, et surtout, bien moins que mes états d'âme.

À mon arrivée, j'ai directement donné les clés des boîtes postales et de mes tiroirs, la carte de retrait de la poste à ma collègue. Je lui ai dit que je venais voir le chef et qu'après je repartais. Elle a été fortement étonnée, mais n'a pas rétorqué.

Mon supérieur était en entretien avec le responsable sécurité de l'entreprise. J'ai attendu, attendu et encore attendu, mais la séance durait et je ne tenais plus en place. J'ai envoyé un mail à mon chef, l'informant que j'étais venue pour lui parler, mais que n'étant pas bien, j'allais chez le médecin. Je l'appellerais après pour le tenir au courant de ce qu'il en était. Je suis partie du bureau pour me rendre chez mon généraliste.

Arrivée au cabinet médical, je me suis annoncée à

la réceptionniste qui m'a dit de me rendre en salle d'attente. Il y avait beaucoup de monde, et je me suis sentie oppressée par tous ces gens. J'avais l'impression qu'ils me jugeaient et que j'étais en danger. Dès lors, je me suis mise dans un coin tout au fond, emballée dans ma veste, avec le sentiment d'être ainsi protégée.

Lorsque mon médecin vint m'appeler, je me suis levée d'un coup, en baissant la tête et je marchais très vite pour parvenir jusqu'au cabinet, et éviter tous ces regards qui me dérangeaient. Il me connaissait depuis plus de 15 ans et a été très surpris de mon comportement. Moi qui habituellement, même malade, restais souriante, enjouée et gardais la tête haute.

Je n'ai pas eu besoin de lui expliquer grand-chose, son diagnostic était déjà établi en me voyant arriver, et ce fameux mot que je ne voulais pas entendre sortit de sa bouche :

— *Madame, je suis désolé pour vous, mais vous présentez tous les symptômes d'un "burnout".*

Généraliste, il me prescrivit des antidépresseurs ainsi que des anxiolytiques, et me proposa de contacter l'une de ses consœurs psychiatres qui pourrait m'aider à traverser cette épreuve. Le pire pour moi, il remplit un arrêt de travail d'un mois. Un mois me paraissait excessif, mais bon, c'était lui le médecin. Rendez-vous a été pris pour la semaine suivante.

— *J'avais vraiment l'impression de n'être plus bonne à rien.*

Comme je n'arrivais pas à joindre la thérapeute

recommandée, mon médecin traitant s'est occupé de mon suivi les trois premières semaines.

La psychiatre en question ne me rappelait pas, alors j'ai pris la décision de contacter quelqu'un d'autre, car je ne souhaitais pas faire traîner les choses. Je ne voulais pas être arrêtée trop longtemps. Au bureau, je savais que l'on misait sur moi et qu'on attendait mon retour avec impatience. J'ai trouvé le docteur Dufoug qui me suit depuis lors.

— *Enfin, je me sentais épaulée pour traverser cette épreuve.*

Au début du "burnout", je ne me rendais plus compte de rien. Je sombrais sans comprendre ce qu'il m'arrivait. Je n'avais goût à rien, je mangeais moins, voire pas du tout si j'étais seule, je ne me lavais pas, car ça ne servait à rien, je ne sortais pas, car j'avais peur des gens, je ne conduisais pas, car je ne maîtrisais plus le trafic, je dormais extrêmement mal malgré la médicamentation. J'allais à tous mes rendez-vous, accompagnée, car seule, ce n'était pas possible tout comme pour les courses. J'espérais que le lendemain, tout irait mieux.

Malheureusement, le lendemain n'était jamais meilleur, ce n'était qu'un jour en moins dans ma vie et un en plus dans ma médiocrité. »

— Pénélope, vous me touchez au plus profond de mon cœur, jamais je n'aurais pensé que vous ayez pu être dans un tel état, mais s'il vous plaît ne parlez pas de médiocrité, vous étiez malade, tout simplement. Ne put s'empêcher de dire Eugénie.

Immergée dans le récit de Pénélope, Eugénie ne s'était pas rendu compte de l'arrivée de Guillaume, qui, de sa table écoutait aussi la pénible histoire de Pénélope.

— Pourquoi je parle de médiocrité ? Simplement parce que tant que je n'avais pas compris et accepté ce qui m'arrivait, je ne pouvais pas nommer « ma vie » autrement.

Guillaume ne put s'empêcher d'intervenir.

— Désolé, mais j'ai entendu votre récit sans le vouloir, vous n'êtes pas médiocre, loin de là, vous êtes juste un être humain et vous étiez fragilisée.

Pénélope releva la tête surprise par cette voix qu'elle ne connaissait pas, mais qui lui rappelait vaguement quelqu'un.

Chapitre 6
L'ouverture

Pénélope, quelque peu ébranlée par son récit et par les réactions qu'il suscitait, se demanda si elle devait continuer ou pas.

— Pénélope, je vais aller servir Guillaume et je reviens pour que vous me racontiez la suite de votre histoire, si vous le voulez bien.

— Pas de soucis, Eugénie, mais vous savez, c'est difficile pour moi de ressasser tout ça.

— Pénélope, j'ai cru comprendre que c'était votre prénom. Excusez-moi d'interférer entre Eugénie et vous, mais j'imagine qu'au contraire, il faut en parler pour vous en libérer. Qu'en pensez-vous ?

— À vrai dire, je ne sais pas, mais peut-être est-ce une solution.

Dès lors, Pénélope reprit devant ses deux nouveaux acolytes.

« Le premier mois, s'est déroulé cahin-caha, sans amélioration ou plutôt le contraire. C'est là que j'ai commencé à réaliser ce qui m'arrivait, et que j'ai constaté mes problèmes cognitifs et de mémorisation. Il ne m'était plus possible de lire, alors qu'avant, je dévorais tous les soirs au coucher.

Je ne me souvenais de rien, je cherchais mes mots, même les plus simples. Tout ça m'angoissait, m'apeurait, car j'avais l'impression de devenir une autre personne et de perdre la tête.

— *Ce sentiment me terrorisait, car je n'avais plus aucun point de repère.*

Pour mon psychiatre, tout ceci était normal, ce n'était que le début ! Tant que je ne réaliserais pas et que je n'accepterais pas que je sois malade, il serait difficile d'avancer. Du coup, il a prolongé mon arrêt de travail d'un mois.

C'est à partir de là que les rêves bizarres ont commencés. Toutes les nuits, je rêvais que je commandais des objets sur internet, et le matin en me levant, je m'en souvenais.

Alors je cherchais partout, ordinateur, tablette, téléphone pour voir quelle bêtise j'avais bien pu faire, mais il n'y avait jamais rien. Toutes mes journées démarraient dans une crise d'angoisse avant même d'avoir bu mon café.

— *J'avais l'impression de devenir folle. Je me voyais finir ma vie internée en hôpital psychiatrique !*

Tandis que je commençais à accepter la situation, je me disais que ma foi, ça n'arrivait pas qu'aux autres, une amie m'a proposé de partir deux jours dans les Pyrénées, dans un endroit qu'elle adorait et qui, pour elle, était un lieu d'apaisement.

Je n'étais pas très chaude, étant donné que je ne savais pas où j'allais, que je ne connaissais personne là-bas, mais j'ai quand même décidé de m'y rendre.

À l'arrivée, j'ai bien fait ! Me retrouver en pleine nature, au milieu des pâturages, avec les vaches et leurs sonnailles m'a fait un bien fou. Mon amie a vu le changement au fur et à mesure, jusqu'au vendredi matin où j'ai reçu un appel téléphonique.

Je ne connaissais pas le numéro qui s'affichait. Je me suis sentie obligée de décrocher, chose que je n'aurais pas dû faire. Tous les bienfaits de cette journée et demie se sont envolés d'un seul coup.

Il s'agissait du "care manager" de l'assurance perte de gains de mon employeur qui souhaitait me rencontrer au plus vite, soit le lundi à 9 heures pour parler de ma réinsertion. Choquée sur l'instant, j'ai répondu que je ne voulais pas être réinsérée, mais il a insisté pour que je lui prépare mon CV et mes certificats de travail pour sa venue.

— Sérieusement, j'étais totalement perdue et en colère, j'avais l'impression d'être au bout de ma vie, le professionnel étant si important pour moi !

J'étais décontenancée et je me suis refermée comme une huître. Pour moi, il n'avait jamais été question de me réinsérer, et encore moins de quitter mon poste qui me plaisait. Je n'ai pas cessé de tourner ça dans tous les sens, ne sachant comment interpréter ce qui se déroulait.

Mon amie m'a dit de ne pas me "prendre le chou" et d'attendre le lundi matin pour voir ce qui allait se passer. Elle m'a déclaré que j'étais encore trop fragile pour gérer ce type de situation seule.

Dès lors, et aussi à cause de ma mémoire défaillante, mes parents sont venus assister à l'entretien afin de me rassurer d'une part, et d'être mon "disque dur" d'autre part.

Lorsqu'il est arrivé, il avait l'air bienveillant et gentil. Par politesse, je lui ai proposé un café et nous avons commencé à discuter.

D'abord, je lui ai dit que je ne comprenais pas pourquoi il voulait me parler de réinsertion, alors que mon but était de reprendre, dès que possible mon poste, raison pour laquelle je ne lui avais pas imprimé mon dossier.

Pour être honnête, je n'aurais pas été capable de le faire ne sachant plus comment fonctionnait mon ordinateur.

Il a pris note de mes intentions, mentionnant que mon appartement était bien tenu et que de fait, je n'avais pas besoin d'aide-ménagère. Et pourtant, je n'avais pas refait de ménage depuis mars et oui, le sol était propre, car j'avais la chance d'avoir un aspirateur robot qui passait tous les jours.

Sa visite m'avait déstabilisée, j'ai appelé mon chef, car j'avais la nécessité d'être rassurée ou qu'on m'exprime clairement les décisions prises en relation avec mon emploi.

Ce dernier est venu boire un thé à la maison, et nous avons eu une longue discussion durant laquelle il m'a confirmé qu'il m'attendait, que je ne travaillerais plus que pour lui à mon retour, et que je serais soulagée dans mes tâches.

Il m'a aussi dit que le "back-office" avait contacté l'assurance pour qu'ils me traitent différemment d'autres cas en cours. Le contexte étant rassurant, j'ai essayé d'oublier cet entretien avec le "care manager" qui ne se fondait sur rien.

— Comme toujours, sa bienveillance et son charisme ont réussi à me donner un souffle d'espoir.

J'avais déjà du mal à remonter la pente, alors si en plus, on me rajoutait de la pression comme celle exercée par l'assureur, il était clair que je ne m'en sortirais jamais ! »

Guillaume ne put s'empêcher de lancer :

— Mais c'est totalement scandaleux ! Comment peut-on mettre encore plus en danger une personne fragilisée ? Décidément, notre société me révolte de plus en plus !

— Vous savez Guillaume, si vous trouvez ça révoltant, vous n'avez pas terminé d'être surpris, vous verrez.

Eugénie malgré le sérieux de la discussion et du récit de Pénélope remarqua que Guillaume réagissait avec véhémence. Elle pensa que lui aussi devait avoir un parcours bien chaotique.

Pénélope encouragée par ces nouveaux comparses continua :

« Lors de ma consultation chez mon psy, je lui ai relaté cet entretien avec le "care manager". Je lui ai dit à quel point je m'étais sentie fragile et vulnérable, mais que je me sentais soutenue par mon chef, que je gérais plus ou moins la situation. Par contre, les songes étranges devenaient de plus en plus fréquents. À chaque fois, peu importait le contexte, je rêvais toujours de personnes en relation avec mon travail. Ceci me rendait mélancolique et me faisait souvent peur.

Fin juin, le "care manager" s'est à nouveau déplacé pour faire le point de la situation. Mes parents étaient présents, mes problèmes de mémoire ne s'étaient pas arrangés.

Il est revenu sur une éventuelle réorientation et sur le fait que mon ménage était bien tenu. Je lui ai indiqué qu'une réinsertion n'était pas envisageable et que suite à mon entretien avec mon chef je maintenais ma position.

Il m'a demandé de lui expliquer l'évolution de mes symptômes. Je lui ai répondu que suite à sa première venue, il n'y avait malheureusement pas eu d'améliorations. Ses interrogations et son cheminement m'avaient mise dans le doute.

— *Non, mais, il croyait quoi ? Que j'allais me rétablir avec ses incessantes visites et questions ?*

Au mois de juillet, j'ai commencé à reprendre un peu mon envol. J'allais faire les courses, accompagnée, mais moins angoissée qu'au début. Je pouvais me rendre seule d'un rayon à l'autre, avec le caddie que je voyais comme une protection vis-à-vis des différentes personnes. Je pense que j'arrivais doucement à l'étape de la prise de conscience.

Les symptômes n'évoluaient pas favorablement quant à eux. Selon mon psy, il fallait du temps et de la patience. En fin de mois, je suis retournée dans les Pyrénées quelques jours en compagnie de mes parents et de ma tante et là, j'ai pu profiter des paysages magnifiques et me détendre légèrement.

— *Enfin, un peu de répit, mais la sérénité n'était tout de même pas au rendez-vous.*

Courant août, j'ai à nouveau eu la visite du "care manager" qui venait pour remplir ma demande d'AI (Assurance Invalidité), alors qu'aucune annonce de détection précoce n'avait été effectuée auparavant.

Cette dernière se fait généralement après trois mois d'incapacité de travail, mais me concernant, personne ne s'en était occupé.

Je n'avais dès lors pas d'autre choix que de passer directement à la demande. Il a rempli le formulaire pour moi, en faisant des erreurs que j'ai pu heureusement corriger, cela me prouvait à quel point il était compétent !

— *J'ai cru que je rêvais, mais non, j'étais bien éveillée et il a réussi encore une fois à me mettre en colère.*

Puis, il m'a proposé de consulter la page internet d'un organisme qui pourrait éventuellement m'aider quant à la reprise de confiance en moi, ce que j'ai trouvé sympathique sur le moment.

Lorsqu'il est parti, j'ai regardé en détail le site en question. Je me suis aperçue que, malgré ses visites mensuelles et ses appels téléphoniques, il m'avait peut-être écoutée, mais pas entendue.

En effet, tous les ateliers se pratiquaient en groupe alors que j'étais ochlophobe[1], et que je ne supportais pas la présence d'inconnus.

Ces ateliers se déroulaient en plein centre-ville de Bordeaux ce qui m'obligeait à prendre les transports publics, chose que je n'arrivais pas à faire seule, et qui était d'ailleurs confirmée par le rapport de mon psy que l'assurance avait demandé.

---

1. *Peur de la foule, du monde*

Les deux mois suivants se sont passés, sans réel changement d'un côté ou de l'autre. Il y avait les jours avec, et surtout les jours sans. La météo devenant plus maussade, ça ne m'aidait pas, et je la rendais responsable de mes symptômes.

Tout d'un coup, j'ai ressenti la nécessité de m'occuper, car je ne supportais plus mon cerveau qui tournait sans cesse dans ma tête, et transformait la moindre chose en problème. Il fallait que je nourrisse "Nestor" comme je l'appelle, ce dernier en ayant grand besoin.

Comme depuis le début du "burnout" il ne m'était plus possible de lire, de travailler sur ordinateur ou d'écrire, je n'avais pas cinquante solutions devant moi. J'ai ressorti mon matériel de peinture.

— *Enfin, j'arrivais à prendre une décision ! Ce n'était peut-être pas grand-chose, mais c'était énorme.*

Tout d'abord, j'ai peint sur verre, car je n'avais plus aucune confiance en moi et je n'avais pas repris les pinceaux depuis plus de 20 ans.

Une amie artiste-peintre m'a aidée dans ma démarche, et convaincue de continuer en allant peut-être plus loin en essayant les pierres, etc.

Je suis partie à la chasse aux cailloux et j'ai peint quelques pierres, mais ce n'était pas ça. J'ai tenté sur ardoise, j'ai trouvé intéressant, mais sans plus.

Dès lors, je me suis remise à peindre sur châssis. Ce nouveau départ en peinture n'a pas été aisé, car je n'avais plus ni repères ni souvenirs des bases élémentaires.

Mais petit à petit, j'ai réussi à faire des toiles

plaisantes. Nestor était ainsi nourri, il me fichait la paix. Pendant que je peignais, je ne pensais à plus rien. Un vrai bonheur. »

— C'est une heureuse coïncidence, lui dit Guillaume.

— Comment ça ?

— Figurez-vous que je peins aussi !

— Ah oui, c'est marrant et très intéressant, peut-être pourrons-nous parler de nos œuvres plus tard ?

— Avec grand plaisir ! lui répondit-il.

Eugénie jubila de l'intérieur en disant :

— Je le savais, il n'y a pas de rencontres hasardeuses.

Et soudain, sa mine devint sérieuse lorsqu'elle regarda Guillaume et perçut sa tristesse.

Chapitre 7
La fin d'une belle histoire

Pénélope, un peu émue, continua à partager son histoire avec eux.

— Où en étais-je ? Ah oui…

« Début novembre, j'ai reçu une convocation de l'assurance perte de gain qui m'invitait à une expertise chez un médecin-psychiatre.

Même si je m'y attendais, j'ai trouvé que cette convocation intervenait rapidement dans le traitement de mon cas, ce que mon psy m'a confirmé.

— *J'avais un sentiment de jugement, alors que j'étais juste malade et que si j'avais pu, j'aurais choisi le mot grippe dans le dictionnaire et non "burnout" !*

Sans recours envisageable, je me suis déplacée chez l'expert, emmenée par mon amie de toujours. Me retrouver seule dans les transports publics demeurait impossible.

Le rendez-vous était fixé à 11 heures et la convocation mentionnait que l'évaluation aurait une durée de 1 à 3 heures. J'ai pris un anxiolytique supplémentaire, afin de pouvoir gérer mon angoisse.

L'entretien avec l'expert a débuté par l'explication du "pourquoi j'étais là". Ce dernier m'assurant qu'il n'était pas juge, qu'il était seulement délégué pour constater si mon traitement était adéquat et voir s'il y avait moyen de m'aider autrement. Il me dit qu'il était d'ailleurs surpris d'avoir été mandaté par cette assurance, car c'était la première fois qu'elle le faisait.

35 minutes plus tard, j'étais hors de son cabinet et devais juste aller faire une prise de sang dans un laboratoire de son choix.

— *J'étais dans un tel état de stupéfaction que j'avais l'impression de rêver, d'être dans le coton.*

J'avoue ne pas avoir compris comment il était possible d'établir un rapport d'expertise avec une entrevue si courte, et une dizaine de questions posées ! »

— Mais c'est une plaisanterie ! Ne put s'empêcher d'exprimer Guillaume.

— Malheureusement non, et ce n'est pas tout, vous verrez.

« Sachant qu'il y avait cette expertise, mon psy m'avait fixé une consultation peu de temps après pour voir comment cela s'était passé, et surtout, constater la manière dont je l'avais vécue, et si je me portais bien.

Je lui ai relaté les faits et j'ai bien cru qu'il allait tomber de sa chaise ! Non seulement pour lui, on ne pouvait pas parler d'expertise, car en bonne et due forme, la durée de consultation est d'environ 2 heures et aussi, car il n'avait eu aucun appel de l'expert.

De fait, nous avons pris la décision de demander une contre-expertise le jour où nous recevrions le rapport.

Contre toute attente, l'AI (Assurance Invalidité) a traité rapidement mon dossier, et c'est là que j'ai eu le premier contact avec ma conseillère. Entretien que je craignais, en raison de mauvaises expériences dans le cadre de réinsertions de personnes dans l'entreprise pour laquelle je travaillais, mais qui se déroula très bien.

La gestionnaire, à l'écoute et qui semblait vraiment investie, m'a proposé une mesure de coaching. Me donnant les grandes lignes de ce qu'offrait l'association qui le dispensait, j'ai accepté, notamment car il y avait un atelier d'écriture et qu'il me parlait. Elle a établi les documents immédiatement.

— Quel soulagement, moi qui imaginais tant que ça se déroulerait mal.

Le "care manager" est revenu me voir début décembre avec le rapport d'expertise pour me signifier les constatations du psychiatre mandaté. C'est l'unique entretien où je n'ai pas jugé utile d'être accompagnée, car je me sentais un peu mieux.

Grave erreur d'appréciation de ma part. Les seules choses qu'il m'a communiquées de ce fameux rapport étaient que je pouvais recommencer mon activité de suite à 50 %, au 1er février à 80 % et à 100 % dès le mois d'avril.

J'ai cru que j'allais tomber de ma chaise, car tous les soignants honnêtes vous le confirmeront : en cas de "burnout", seule une reprise thérapeutique par petits paliers est possible. Un redémarrage trop brusque peut devenir invalidant.

— *L'incompréhension et le sentiment de n'être qu'un numéro parmi tant d'autres m'ont submergée.*

J'ai demandé à lire le rapport de l'expert, chose qu'il a rejetée. Il m'a dit que mon médecin s'en chargerait. Au vu de son discours, je lui ai indiqué qu'une telle reprise n'était pas envisageable, ce à quoi il a répondu que je devais renoncer à mon poste de travail.

J'ai refusé, lui disant que ce n'était pas à moi de démissionner, mais à mon employeur de me licencier. Non seulement, j'étais malade, mais en plus, en résiliant mon contrat de travail, je me pénalisais en perdant mon droit au chômage immédiat.

Je lui ai proposé de travailler en "home office" à 20 %, sans en avoir parlé avec mon chef, mais je savais qu'il accepterait sans détour. Il a pris note et s'en est allé. »

— Mais c'est affligeant, comment peuvent-ils se permettre de juger sur une expertise qui n'en est pas une et faire un chantage pareil à une personne affaiblie ? Guillaume était hors de lui.

Eugénie renchérit :

— C'est purement scandaleux, j'espère que vous vous êtes battue, Pénélope, car vraiment, ces assureurs ne sont que des voleurs et des bonimenteurs !

Pénélope sourit et continua.

« Par chance, je suis tombée sur une psychologue absolument incroyable. Non seulement spécialisée dans le "burnout", mais qui avait aussi l'habitude des personnes HP (hauts potentiels) comme moi.

Le contact est tout de suite passé ce qui n'est pas toujours chose facile chez moi. Je me suis sentie très à l'aise avec elle et son approche. Je me suis dit que j'allais enfin avancer et que je pourrais m'en sortir rapidement.

Tout cela était sans compter sur la fameuse correspondance qui m'a été adressée mi-décembre, m'informant de mon licenciement, lettre établie par mon employeur avant l'assurance perte de gains, ce qui m'a mise dans une rage folle.

Je n'arrivais pas à admettre qu'après presque 11 années de bons et loyaux services, je me faisais virer, sans même un coup de fil.

Tout ceci était hors de mon entendement ! Le lendemain, j'ai reçu le courrier de l'assurance m'indiquant la cessation du paiement des indemnités journalières à fin janvier 2019.

— *Mais purée j'ai droit à 720 jours d'indemnités et là on veut déjà me les couper, quelle injustice ! On ne m'a jamais demandé si j'étais d'accord de cotiser, pfff !*

Ayant rendez-vous avec ma coach, j'ai pris les lettres avec moi et je suis arrivée vers elle, dans un état misérable.

Elle a réussi à me calmer et m'a demandé si je me sentais prête à contacter mon supérieur durant la séance, afin d'avoir une explication, chose que j'ai faite.

Comme je savais qu'il était généralement très occupé en fin d'année, j'ai tenté de lui téléphoner sans succès, disant à ma coach qu'il me rappellerait sans doute plus tard.

À peine ai-je terminé ma phrase que ce dernier appelait. Je lui ai fait part de ma stupéfaction quant à mon licenciement et, là, mon chef m'a dit :

— *Vous savez, j'ai refusé de signer la lettre.*

Je lui ai expliqué qu'il était prévu de solliciter une contre-expertise, mais qu'à ce jour, mon psy n'avait toujours pas reçu le rapport en question, et que je trouvais dommage que personne au "back-office" n'ait pris la peine de me joindre afin que je me positionne.

Je lui ai annoncé que j'allais contester mon licenciement et la cessation de paiement des indemnités journalières, ce à quoi il m'a répondu :

— *Battez-vous, faites ce que vous avez à faire, vous avez tout mon soutien.*

Après cet entretien téléphonique, la coach m'a demandé si je me sentais capable de rédiger les courriers. Comme je n'arrivais plus à écrire sous le coup de la rage, je lui ai dit OK !

— *Alors oui j'étais en colère, mais, aussi, j'étais triste.*

Il a été convenu que je taperais les deux missives et que je les lui adresserais par courriel pour qu'elle les fasse suivre à un avocat spécialisé, pour validation avant envoi.

En arrivant à la maison, j'ai préparé immédiatement les deux lettres et les ai envoyées par mail. Aucune correction n'a été apportée par l'avocat. Enfin une réussite ! Sous le coup de la colère, je retrouvais des capacités cognitives, mais je perdais pied.

Je n'ai jamais reçu de courrier de réponse de mon employeur. Par contre, j'ai obtenu une bafouille de l'assurance pertes de gains, me disant qu'il n'y avait aucun recours possible et que le rapport d'expertise avait été transmis à mon psy.

Le lendemain, j'avais rendez-vous chez lui et il a pu me confirmer, comme je le pensais, qu'il n'avait toujours pas reçu ledit rapport. De rage, il a pris le téléphone et a appelé l'assurance. La personne lui a dit :

— *Ah! oui en effet, ma collègue n'a pas mis les annexes, je fais le nécessaire pour qu'elles partent ce soir par poste.*

Nous étions le 20 décembre et mon thérapeute a reçu le fameux rapport le 8 janvier...

Comme dans ma lettre j'informais l'assureur que nous attendions le rapport afin de mettre en place une contre-expertise, l'assurance dans son dernier courrier me disait d'un ton dédaigneux que ce n'était pas à moi de prendre ce genre de décision, mais à mon psychiatre, par le biais de leur médecin-conseil. Mon psy a adressé un rapport à leur conseil et, à ce jour, aucune nouvelle non plus.

— *Tout ceci me paraissait affligeant, enfin j'étais un être humain pas un animal, pourquoi me traiter ainsi ?*

Durant cette période, je n'étais pas bien, j'avais le sentiment de replonger, et j'avoue que sans le coaching, ça aurait certainement été le cas.

Heureusement que ma coach bienveillante et touchée par cette situation édifiante a trouvé les mots, et l'aide à m'apporter.

D'après elle, il valait mieux prendre rendez-vous

avec l'avocat qui avait validé mes courriers, afin d'aller plus loin pour obtenir cette fameuse contre-expertise.

Le 13 février, je l'ai rencontré et lui ai remis toutes les pièces en ma possession, soit, pas grand-chose. Lorsqu'il a vu le nom de l'assureur, il n'a pas été étonné du traitement dont j'étais victime, et en constatant le patronyme de l'expert, il a juste dit :

— *Ah ! c'est ce pourri.*

Je me sentais moins seule même si je n'avais toujours pas pu lire le rapport d'expertise. Par contre, mon univers s'est écroulé lorsqu'il m'a annoncé que malheureusement, mon licenciement était valable vu que je ne dépendais d'aucune convention collective de travail.

Je lui ai donné les pouvoirs afin qu'il attaque l'assurance et je m'en suis allée penaude, mon monde était en train de s'effondrer.

La première chose que j'ai faite en sortant qui, je pense, a été la plus dure à vivre, a été d'appeler mon chef afin de lui faire le compte-rendu de ma séance.

Au bord des larmes quand il m'a répondu, je lui ai indiqué que, malheureusement, je ne pouvais rien engager contre l'employeur, que mon licenciement était valide et que nos routes se séparaient ici, sur ce coup de fil.

— *Mon Dieu ce que j'étais triste et mal dans ma peau, un truc inimaginable !*

De son côté, il n'était pas bien non plus à l'annonce de cette nouvelle, et m'a dit une phrase dont je me souviens toujours :

— *Pénélope, je suis sûr qu'on retravaillera un jour*

ensemble.

Et là, j'avoue que je me suis effondrée. Moi qui ne pleure jamais, les vannes se sont ouvertes et j'ai dû raccrocher.

J'avais encore des affaires personnelles au bureau, et nous nous sommes recontactés pour trouver comment j'allais faire pour les récupérer.

Ma si gentille collègue avait déjà préparé un sac depuis longtemps. Je n'avais qu'à aller le chercher et déposer la clé dans la boîte aux lettres.

Mon chef me dit qu'il ne savait pas s'il serait présent. Comme je ne voulais voir personne, j'y suis allée le soir même, la colère m'a permis de conduire jusqu'au bureau.

Quand je suis arrivée sur place, j'ai découvert un cornet en papier déchiré en plusieurs endroits avec mes affaires dedans, ce que j'ai vraiment trouvé dédaigneux.

Du coup, la rage est remontée en moi et finalement, c'est peut-être mieux ainsi, car ça m'a donné la possibilité de rentrer chez moi.

— *Dans ma tête, mise à part la colère, je me suis dit qu'un jour, elle paierait son manque de respect et d'humanité. C'est facile de se la jouer princesse en surface, mais faut-il encore avoir la dignité et la prestance liées à son rang !*

Cette période m'a été extrêmement difficile à vivre et j'avoue elle l'est toujours aujourd'hui. Certes, je m'étais rendue malade en bossant comme une dingue, mais ce travail était mon seul exutoire. La collaboration avec mon chef était particulièrement agréable, tant la confiance entre nous était grande.

Néanmoins après plus de 10 ans, cela semble normal.

En parallèle, mon avocat parvint à obtenir le fameux rapport d'expertise qu'il m'a transféré afin que j'y apporte mes éventuelles remarques, étant donné que nous n'aurions pas d'autre choix que de passer par la case Tribunal.

À la première lecture du rapport, j'ai cru que je rêvais, j'avais l'impression que ce dernier était basé sur une autre expertise que la mienne.

J'ai dû le reprendre plusieurs fois et, comme ma concentration me faisait défaut ainsi que ma mémoire, je l'ai fait lire à ma maman. Il m'était plus facile d'entendre que de lire. Une fois de plus, grâce à la colère, en rentrant chez moi, j'ai pu commenter et corriger ledit rapport.

À la fin de la relecture, point par point, j'ai relevé 42 erreurs sur un document de 12 pages qui contenait souvent les mêmes constatations.

— *Non, mais au secours, comment peut-on être expert tout en étant aussi mauvais, j'étais dans une rage folle !*

En même temps, me direz-vous, comment est-il possible de fournir une expertise précise et exacte en 35 minutes de consultation !

J'ai transmis mon correctif à l'avocat afin qu'il puisse monter le dossier de la demande de conciliation auprès du Tribunal.

Heureusement, ma première exposition en tant qu'artiste arrivait à grands pas, et je m'en réjouissais tellement. Non seulement pour l'exposition, mais aussi afin de rencontrer mon amie Manon, comme nous exposions ensemble.

L'organisation de l'expo n'était pas du tout à mon goût, mais l'essentiel est que j'ai pu tenir les deux jours, en fréquentant des personnes inconnues qui pour certaines, sont maintenant devenues des proches, et le plus chouette pour moi c'est que je n'ai pas eu besoin de prendre d'anxiolytiques supplémentaires. Une belle victoire !

— *Yes, enfin quelque chose de positif, ce que je me sentais soulagée.*

Depuis lors, mon état de santé s'est stabilisé. Il y a même une évolution positive, même si je ne comprends pas toujours tout ce qui arrive.

J'avoue avoir arrêté quelque peu de réfléchir tout le temps et pour tout. Nestor se nourrit de mes œuvres, mes textes ou autres, ainsi j'estimais qu'il pouvait me ficher la paix. »

Injustice

Sentiments bafoués
L'injustice a gagné
Sentiment d'inachevé
Réveillant ainsi ma hargne

Lorsqu'elle te surprend
L'injustice t'assassine
La gagne devenant
Une lointaine cousine

Que faire contre
Se battre encore
Allant à la rencontre
D'une injustice cador

Se battre contre du vent
Quand l'injustice surprend
Continuer à avancer
Sans certitude de gagner

Lasse de ce combat
Où l'on t'abaisse
Te rendant si bas
Afin que tu cesses

Injustice tu demeures
Mes tracas grandissants
Injustice tu te meurs
Ma hargne te pulvérisant

Injustice peut-être d'un jour
Injustice pas pour toujours
Injustice je te vaincrais
Ma hargne t'achèverait

Chapitre 8
Prétendu ami

« Dans le cadre de mon coaching, différents ateliers étaient organisés, dont un, d'autodéfense instinctive. Ma coach m'y a inscrite alors que j'étais sceptique quant à son utilité pour moi. Je n'avais pas peur et je savais me défendre.

Jamais je n'aurai pensé que lors de ce cours, mon viol ressurgirait. Il était bien présent au fond de moi, mais grâce à ma "femelle animale", j'ai pu l'expulser à tout jamais. »

— Vous n'êtes pas sérieuse Pénélope ? dit Guillaume avec le regard noir.

— Oui, je le suis, mais c'est une très vieille histoire, vous savez.

— Peu importe que ce soit une vieille histoire. Je n'arrive pas à comprendre comment un homme peut en arriver là. C'est hors de mon entendement.

— Je vous explique, Guillaume.

« Il y a une vingtaine d'années, j'ai subi un viol. Comme c'est très souvent le cas, cette personne était un ami proche, qui gravitait depuis plusieurs années dans ma sphère privée. Sous son allure de nounours, il dégageait un côté bienveillant et rassurant. Grave erreur de jugement de ma part !

Il s'agissait en fait d'un vulgaire manipulateur, qui pour mettre son plan à terme, avait usé de toute la patience dont il était capable jusqu'à ce qu'il puisse enfin passer à l'acte. Profitant de ma faiblesse, qu'il avait lui-même provoquée, pour arriver à ses fins. Il m'avait fait boire alors qu'il ne buvait que du sirop, il détournait mon attention afin de remplir mon verre sans que je m'en rende compte, entre autres.

Cet homme avait ce que l'on appelle, la corpulence du déménageur et était 3e dan de karaté. Inutile de vous dire que sur l'instant, je n'ai pensé à rien d'autre, qu'au fait que ce soit vite fini. J'avais peur que cela ne se termine plus mal en réagissant plus que je ne l'ai fait.

J'ai vraiment eu l'impression d'être spectatrice de ce qu'il m'arrivait, ayant le sentiment que mon corps était séparé de mon âme, et que celle-ci regardait avec distance ce que mon corps subissait.

Une fois terminé, ce dernier s'est rhabillé et s'en est allé poursuivre son chemin de violeur et de manipulateur auprès d'autres victimes. Je crois selon certaines sources qu'elles ont eu beaucoup plus de chance que moi. Ce dernier n'avait jamais pu aller jusqu'au bout, car des maris ou autres étaient arrivés à temps.

Comme toute victime de viol, la première chose que j'ai faite a été d'aller me laver, tant je me sentais souillée, salie, etc. J'ai réfléchi, tourné dans tous les sens possibles et imaginables ce qui m'était arrivé, car pour moi, avec ma force de caractère, il était impossible que ça m'arrive et surtout, que je me pose en victime.

Deux jours après, j'ai écrit toute ma haine, ma colère et mon ressentiment à cet homme. Ma lettre est, bien évidemment, restée lettre morte. C'est là que j'ai pris contact avec LAVI (Association d'aide aux victimes d'incidents et d'accidents) sur les conseils de l'association SOS Viols.

Ces derniers m'ont reçue, m'ont informée de mes droits, des démarches juridiques que je pouvais entreprendre. La situation faisait que je ne pouvais rien intenter vis-à-vis de cet homme, trop bien implanté dans la sphère professionnelle de mon papa, lequel n'aurait pas supporté de le voir sans lui faire du mal. Ce que je ne voulais pas. J'étais victime, mais je protégeais malgré tout, les personnes qui m'étaient chères. Dès lors, je n'ai jamais déposé de plainte pénale ou autres. Je n'avais pas non plus envie de relater mon histoire encore et encore, tout en sachant que face à un manipulateur, les autorités compétentes auraient certainement été embobinées. Pour le peu de peine qu'il aurait eu, je me serais sentie encore plus salie et ça suffisait comme ça.

La LAVI m'a proposé de rencontrer une psychothérapeute, qui pratiquait le débriefing immédiat. Ceci m'a permis de me dire que OUI j'étais une victime, mais je me suis reconstruite seule.

Alors âgée de 24 ans, il ne m'était pas concevable de vivre une vie de recluse, sans partage ni relations avec un homme. Je me suis juré que ce dernier avait eu mon corps, mais que ça ne m'empêcherait pas de vivre des histoires normales avec d'autres hommes.

À ce niveau-là, je m'en suis très bien sortie. J'expliquais toujours à mes "futurs" partenaires ce qui m'était arrivé, afin de leur faire comprendre que je pouvais avoir, tout à coup et sans le souhaiter, une réaction étrange voire de répulsion. Je leur disais que ça n'était pas lié à eux, mais à mon passé. Certains ont compris, d'autres pas, mais je me dis que ceux-ci n'en valaient certainement pas la peine. »

Eugénie et Guillaume restèrent sans voix devant l'histoire de Pénélope.

Eugénie ne sut que dire et prit Pénélope affectueusement dans ses bras et finit par balbutier :

— Pénélope, maintenant que vous nous avez raconté tout ceci, je comprends mieux que vous ayez l'air perdu, mais sachez que vous n'êtes pas seule, il y aura toujours une chaise et une oreille attentive pour vous ici.

Quant à Guillaume, bouleversé et retranché dans ses propres émotions, il se leva, dit au revoir et partit.

Une fois dehors il se mit à penser :

— *Si Pénélope a eu le courage de nous faire part de son vécu, pourquoi est-ce que je n'y arriverais pas ? J'ai tant de choses à raconter...*

Il continua son chemin le regard vide et se dit que, peut-être un jour, l'occasion se présenterait.

Armature

À toi, qui un jour
Sans raison m'a abusée
Me prenant sans détour
Par virilité, par lâcheté

Ta peur d'être rejeté
T'as transformé en fou
Ma zone de confort brisée
Aujourd'hui, je m'en fous

Mon armature d'acier
Depuis ce jour insensé
C'est heureusement blindée
Évitant ainsi d'être blessée

Tu te disais mon ami
Rassurant et bienveillant
Devenu mon pire ennemi
Pervers et méchant

Ce que tu m'as pris
Aujourd'hui est digéré
Mon armature a repris
Son droit d'exister

Voilà 20 ans que
Tu as pris ce droit
Aujourd'hui voilà que
Je te le lève le doigt

Doigt d'honneur
Le seul mérité
Pour un vil violeur
Qui m'a brisée

Chapitre 9
Osera, n'osera pas

La nuit de Guillaume avait été aussi agitée qu'un charivari, ses pensées n'avaient pas arrêté de tourner en rond, et son réveil fut difficile.

Après avoir pris un thé, complètement comateux, il songea à ce qui s'était déroulé la veille et se remit une nouvelle fois en question.

Las de ressasser ses tracas, il sauta dans un jean, enfila un pull-over et partit en direction du café.

Arrivé sur place, il fut surpris de trouver Pénélope déjà installée à sa table, qui discutait avec Eugénie.

Malgré tout, il ne savait pas s'il parviendrait ou non à s'ouvrir, à leur faire part de ce qui le rongeait intérieurement et par quoi commencer.

Sans hésiter, il entra dans le café et leur dit
— Bonjour, Mesdames ! la nuit a été bonne ?
Eugénie surprise de le voir si tôt, lui répondit :
— Guillaume, vous êtes tombé du lit ?
— Non, pas exactement, mais ma nuit a été infernale, alors je me suis levé et je suis venu vous voir.

Pénélope, ne sachant comment le considérer, lui dit :

— Bonjour, je suis navrée que vous ayez passé une si mauvaise nuit, j'espère que mon récit n'y est pour rien.

— Rassurez-vous, ce n'est pas votre histoire qui m'a empêché de dormir, mais la mienne.

Eugénie et Pénélope se regardèrent d'un œil complice tout en se demandant si Guillaume allait enfin s'ouvrir à elles, comme l'avait fait Pénélope le jour avant.

Eugénie servit tout son petit monde et s'assit prête à écouter l'épopée de Guillaume. Elle se disait qu'heureusement, leurs chemins s'étaient croisés.

Guillaume peu habitué à parler de lui et quelque peu maladroit ne sut comment s'y prendre. Il décida de déballer son vécu, tel qu'il se voyait, brut de décoffrage.

— Pénélope, le fait que tu nous aies révélé ton parcours hier, m'a fait songer que… oh, mon Dieu ! je t'ai tutoyée !

— Il n'y a aucun souci Guillaume, bien au contraire.

— OK, désolé, je m'emporte quelques fois. Alors voilà. Ton histoire m'a touché et après moult et moult réflexions, je pense qu'il est temps pour moi de vous raconter une partie de la mienne.

— Si ça peut vous soulager, c'est avec plaisir que Pénélope et moi vous écouterons. Si on ne peut pas être attentifs vis-à-vis de ses amis…

— D'accord balbutia Guillaume, mais je vous avertis que ce ne sera pas aussi édulcoré que le récit de Pénélope.

Et c'est là que Guillaume commença à leur dire :

« J'avais 19 ans lorsque j'ai connu mon ex-compagne qui devint plus tard la mère de mes enfants.

Comme nous étions jeunes, elle vivait chez ses parents et j'habitais chez les miens.

Six mois après notre rencontre, une douce nouvelle nous a été annoncée. Eh oui, nous attendions un heureux événement.

Il fallait alors trouver un appartement, chose qui fut faite très rapidement. Je quittais le foyer familial pour confectionner mon propre cocon.

Les deux premières années ont été idylliques, mais...

J'ai connu une période de chômage et par la suite une longue maladie. Je me suis occupé de ma petite fille, ce qui m'a permis de vivre des moments inoubliables. Mon enfant, mon ange, ma vie... Nous sommes fusionnels.

Malgré ce grand bonheur, ma compagne était toujours insatisfaite... Rien n'était jamais assez bien "disons plutôt que je ne faisais jamais rien de bien".

J'étais rabaissé continuellement devant les gens et pire, devant mon enfant. Cela a duré 17 années et j'ai fini par y croire. Croire que je n'étais plus rien ou pas grand-chose... Que je n'étais plus un homme, que j'étais devenu une serpillière. Pardon, je vais m'arrêter là. »

— Mon pauvre Guillaume, je comprends mieux maintenant. Ne put s'empêcher d'exprimer Eugénie.

Quant à Pénélope, elle le regarda les larmes aux

yeux et dit :

— Je n'aurais jamais imaginé qu'une femme puisse traiter un homme de la sorte. Guillaume, je t'en prie, continue à parler, cela te fera du bien.

— Tu en es sûre ?

— Oui, je pense qu'il est temps de te libérer de tout ceci.

Guillaume reprit son affligeant récit.

« 10 ans après la naissance de ma fille, un petit prince pointa le bout de son nez pour mon plus grand bonheur.

Après cela, nous avons décidé de construire notre maison. J'ai habité celle-ci pendant 2 ans. Ma fille avait 14 ans et mon fils 4 ans lorsque je me suis enfin résolu à partir.

Aujourd'hui, je continue à payer la moitié d'un crédit pour une maison dans laquelle je n'habite plus, mais je ne suis pas en train de me plaindre, mon ex-compagne et mon fils habitent cette maison.

Où vont-ils aller si j'arrête de payer ? Pour être tout à fait juste et honnête, je pense également payer ma tranquillité, et une fois de plus j'évite l'affrontement. Même si mes peurs sont moindres à ce jour, il m'est encore difficile d'affronter certaines choses. Toujours une certaine emprise, je suppose.

Pourquoi ne suis-je pas parti avant, me direz-vous ? Je croyais peut-être encore à quelque chose.

Non, je sais maintenant que je me suis caché derrière ça. Il est évident à présent que je suis resté par peur de l'affrontement, peur de me retrouver seul, peur de l'inconnu.

Je ne lui en veux pas, bien sûr, elle reste la mère

de mes enfants, mais je suis l'acteur de mon propre malheur… »

— Guillaume, s'il vous plaît, ne dites pas ça, vous avez agi du mieux que vous pouviez. Comme vous le relatez si justement, elle est la mère de vos enfants. Malgré tout, ça ne lui donnait pas le droit de vous traiter ainsi. Personne ne mérite d'être à ce point rabaissé et surtout, devant ses propres enfants.

— Vous savez, Eugénie, pour moi l'essentiel c'est que mes enfants aillent bien, le reste…

— Je suis d'accord avec toi, Guillaume, mais n'empêche que tu as été manipulé et utilisé ! Personne n'a le droit de faire ça à son conjoint et crois-moi, je sais de quoi je parle !

— Comment ça, Pénélope ?

— J'ai été mariée il y a quelques années, et j'ai vécu un peu la même chose que toi. Un jour, si j'en ai le courage, je vous raconterais.

— Eh bien, Pénélope, je vois que la vie ne vous pas épargnée non plus. Surenchérit Eugénie qui était totalement bouleversée par le récit de Guillaume.

Eugénie réfléchit un instant pour essayer de trouver quelque chose pour dédramatiser la situation et se souvint tout d'un coup de leur point commun.

— Dites-moi, les jeunes, je viens de songer à quelque chose. Vous peignez tous les deux, que penseriez-vous d'exposer quelques-unes de vos toiles dans le café ?

Guillaume et Pénélope se regardèrent l'air triste et ébahi en même temps et répondirent en cœur :

— Avec un immense plaisir, merci, Eugénie.

Chapitre 10
Un jour plus léger

Après les révélations que Pénélope et Guillaume lui avaient faites, Eugénie voulut leur offrir un moment de sérénité et de convivialité au sein de son café.

Eugénie, impatiente, les attendait ce matin avec les toiles qu'ils avaient décidé d'exposer dans le bar.

Elle se réjouissait tant de les contempler, car elle savait, qu'elles ne pouvaient être que belles et qu'elles se marieraient très bien à l'esprit du café.

Comme ils n'arrivaient pas, Eugénie fut soudain submergée par l'émotion et les larmes coulèrent sur son visage.

Elle commença à parler seule dans le café.

— *Chéri, mais chéri pourquoi es-tu parti ? Tu me manques tant. Je t'aimais tellement, pourquoi m'as-tu laissée seule ? La vie sans toi a un goût amer. Oh là là, que la vie est difficile sans toi !*

Elle se reprit quelque peu et continua :

— *Tu sais, chéri, Pénélope et Guillaume sont deux jeunes gens fantastiques, tu ne peux pas imaginer quel bien ils me procurent par leur présence. Mon amour, toi qui étais artiste à tes heures, j'ai décidé de leur permettre d'accrocher leurs toiles dans le café. Ce sera un peu comme un hommage pour toi.*

Pénélope et Guillaume franchirent le pas de la porte.

Tous deux interpellés par les yeux rougis d'Eugénie, lui dirent :

— Bonjour, Eugénie, mais que vous arrive-t-il ?

— Bonjour, mes enfants, ne vous inquiétez pas, c'est passé tout va bien.

Pénélope ne se laissa pas compter des vers et lui dit :

— Eugénie, ça ne prend pas, c'est la deuxième fois que je vous surprends les larmes aux yeux, alors maintenant vous allez vous asseoir et nous expliquer ce qui vous met dans cet état. Les amis, c'est fait pour tout entendre !

Eugénie, gênée, obtempéra.

— Vous savez Pénélope, il ne se passe rien de grave. C'est juste que je repense à mon défunt mari. Il me manque tant, vous ne pouvez pas imaginer.

— Mais, je n'étais pas au courant que votre époux était décédé, vous ne m'avez jamais rien dit. Ne put s'empêcher d'articuler Guillaume.

— Non, je ne voulais pas tracasser mes clients avec ça. Ma foi, il est parti, il est parti. Mais allez, passons à autre chose, ça va mieux maintenant, merci.

Eugénie se leva, Pénélope et Guillaume en profitèrent pour la serrer dans leurs bras.

— Allez, ça suffit, montrez-moi plutôt les trésors

que vous m'apportez.

Guillaume et Pénélope ne se le firent pas dire deux fois. Ils commencèrent à déballer, chacun de leur côté, les toiles qu'ils avaient choisi d'exposer.

L'accrochage se fit dans la joie et la bonne humeur. Eugénie, si heureuse de retrouver un peu de vie dans son café souriait béatement.

La complicité qui était née en si peu de temps entre Pénélope et Guillaume la toucha, et elle était enchantée de voir ces deux-là enfin heureux.

Tout à coup, Pénélope interpella ses deux amis :

— Dites-moi vous deux, je viens d'avoir une idée. Il y a des livres ici, des objets anciens, maintenant nous avons accroché nos toiles, que penseriez-vous si nous mettions aussi, les poèmes écrits par mon amie Manon ?

— Oh oui ! avec un immense plaisir lui répondit Eugénie.

Quant à Guillaume, il était songeur et lui dit :

— Ton amie Manon est poète ?

— Oui, tout à fait, et elle a beaucoup de talent.

— C'est étrange, je connais aussi une Manon et elle compose souvent pour moi. Je lui donne mes toiles, et elle en fait un poème.

— C'est incroyable ça, je pense que Manon est une amie commune.

— Comme tu le dis « incroyable », le monde est tout petit.

— Alors c'est parti, nous prendrons ses poèmes demain et nous les accrocherons aussi. Ce sera vraiment un endroit où il fera bon vivre. Qu'en dites-vous, Eugénie ?

— Oh oui ! il me tarde de voir tout ça.

Guillaume et Pénélope s'en allèrent, comblés de leur journée et surtout ravis d'avoir une amie commune, et de se retrouver le lendemain.

Quant à Eugénie, elle s'assit et contempla les œuvres de ces deux amis artistes, tout en se disant qu'elle était heureuse de les sentir maintenant épanouis.

Le fait de s'être confiés les uns aux autres avait été bénéfique, mais elle n'était pas au bout de ses surprises.

Chapitre 11
Mauvaise rencontre

Ce matin-là, Pénélope se leva débordante d'énergie. Cela faisait bien longtemps que ça ne lui était pas arrivé.

Après avoir pris son petit-déjeuner, elle tria les poèmes de son amie Manon qu'elle souhaitait accrocher au café.

Elle n'en revenait toujours pas que, sa Manon, soit aussi l'amie de Guillaume, comme quoi, les grands esprits finissent toujours par se rencontrer.

Une fois prête, elle regarda si elle n'avait rien oublié, et prit le chemin pour se rendre au café avec une impatience digne d'une petite fille.

D'une part, elle allait retrouver ses nouveaux amis et d'autre part, elle allait mettre en valeur les poèmes de sa sœur de cœur, ce qui lui procurait un énorme plaisir.

Arrivée sur la Place de la Bourse, elle crut rêver… Cette voiture qui traversait sur le quai du Maréchal Lyautey, non, ce n'était pas possible ! la journée avait si bien commencé.

Le véhicule arrêté au feu, Pénélope se risqua à un regard et fut stupéfaite de constater qu'il s'agissait bien de lui.

Elle se dit que ce n'était pas hasardeux, que jamais elle ne pourrait passer à autre chose, et courut en direction du café. Au moins, là-bas, elle serait protégée.

Eugénie, du pas de porte du café, la vit débouler en catastrophe dans la rue Courbin, comme si elle était poursuivie par le diable en personne.

— Bonjour, Pénélope, mais que se passe-t-il ? Vous êtes toute tremblante. Allez vite vous installer, je vous apporte votre petite noisette.

Eugénie s'en alla préparer le café de Pénélope et vit Guillaume déambuler au loin.

Le temps que le café coule, Guillaume arriva tout enjoué.

— Bien le bonjour, Eugénie, salut à toi, Pénélope. J'espère que vous êtes autant en forme que moi, j'avoue que cette journée a merveilleusement bien débuté.

Lorsqu'il vit la tête de Pénélope, il se renfrogna et dit :

— Eh bien Pénélope, on dirait que tu as croisé un fantôme, que se passe-t-il ?

Pénélope, quelque peu remise de ses émotions, lui répondit :

— Si seulement c'était un fantôme...

Guillaume et Eugénie allèrent se mettre à sa table.

— Mais, Pénélope, racontez-nous ce qui vous est arrivé, nous sommes inquiets de vous voir ainsi.

Pénélope sortit de sa stupeur et dit :

— Excusez-moi les amis, mais j'ai fait une rencontre totalement déstabilisante en venant ici. Heureusement, je crois qu'il ne m'a pas aperçue.

— Mais enfin, Pénélope, de qui parles-tu ?

— De mon ex-mari Raoul, je pensais qu'il n'était plus en ville, mais je l'ai croisé à l'instant dans une voiture.

— Que t'a-t-il fait pour que tu sois dans un état pareil ?

— Si tu savais, c'est une bien longue histoire que je croyais, à tort, derrière moi.

Eugénie et Guillaume se regardèrent et tous deux l'encouragèrent.

— Pénélope, même si c'est une longue histoire, nous aimerions la connaître, car sans ça, comment pourrions-nous vous aider ?

— Vous êtes vraiment sûrs les amis ?

— Oui, raconte-nous.

Pénélope se sentit entourée et comprise, et se décida à leur faire le récit de son mariage.

— Alors voilà, je vous livre encore l'un de mes secrets, accrochez-vous.

« Comme bien souvent, notre rencontre a eu lieu dans notre cadre professionnel, même si nous ne travaillions pas pour la même entreprise, nous partagions une collègue et deux portes séparaient les sociétés qui nous employaient. Les entreprises n'étaient pas concurrentes, mais complémentaires dans les travaux qu'elles effectuaient.

Dans ma tête, je n'étais pas du tout en mode de "recherche" de partenaire ou autre. Je vivais bien ce cycle de célibat. Je me contentais d'histoires sans lendemain, n'ayant pas envie de m'engager. J'avais enfin l'impression de revivre, de reprendre réellement ma vie en main et de la vivre comme je la souhaitais.

Au fil du temps, ma collègue qui collaborait pour les deux entreprises, a commencé à me parler de Raoul, à le vanter, à me dire que c'était un mec génial, qu'il avait un bon salaire, qu'il était bosseur, etc., et qu'elle me verrait bien avec, car nous avions beaucoup de points communs, notamment le fait d'être gauchers, travailleurs, ce à quoi je lui répondais :

— *Mais il a quelqu'un dans sa vie, je ne vois pas pourquoi tu me causes de lui.*

Elle me rétorquait sans détour :

— *Ah, mais ne t'inquiète pas, il va la quitter, il ne la supporte plus.*

À force d'en entendre toujours parler de manière élogieuse, j'ai fini par accepter d'aller au resto un jour à midi avec lui. La pause étant courte, je partais du principe que je ne m'engageais pas à grand-chose et qu'après, au moins, on me ficherait la paix !

Bien mal m'en a pris, Raoul s'est montré charmant, à l'écoute, drôle, sûr de lui, cultivé. Finalement toutes les qualités principales que je recherchais chez un homme.

Comme je suis de nature honnête et sincère, je lui ai parlé de la personne avec qui il partageait sa vie, car ce point-là me dérangeait. Je ne me voyais pas dans le rôle de la maîtresse, surtout qu'au niveau professionnel, tout se sait très vite, et que je considérais l'infidélité comme l'une des pires trahisons.

Raoul m'a répondu que leur histoire était terminée depuis longtemps, qu'ils vivaient ensemble, car, seule, elle n'aurait pas les moyens de garder l'appartement, et qu'il ne voulait pas la mettre dans une galère, ce que, bien évidemment, j'ai trouvé très honorable.

C'était un homme bavard, et il m'a très vite raconté sa vie. Les maltraitances subies de son père, la mauvaise relation développée avec sa mère, ses deux précédents divorces, et les raisons pour lesquelles il avait rompu ses unions.

En fait, Raoul tissait gentiment, mais sûrement sa toile pour m'attraper comme une araignée l'aurait fait. Il devenait, à mes yeux, une pauvre victime ayant besoin d'être aidée, voire sauvée d'un passé bien plus chargé que le mien.

Après plusieurs rendez-vous, je l'ai accepté chez moi. Raoul a dès lors quitté la femme avec laquelle il vivait depuis plusieurs années, lui laissant tout, ainsi qu'une coquette somme d'argent. Il est venu, sacs poubelle sous le bras, s'installer dans mon appartement bien douillet.

Nous avons acheté différents meubles supplémentaires afin qu'il puisse y mettre ses affaires, et nous avons commencé notre vie commune en février 2004, peu avant mon anniversaire.

La première rencontre avec mes parents s'est faite très rapidement, totalement par hasard, nous nous sommes tous retrouvés dans la même pizzeria un soir.

Je ne me sentais pas trop à l'aise, car il était trop tôt pour moi. Cela faisait à peine une semaine que nous vivions sous le même toit, et j'aurais préféré que cela se déroule de manière plus "conventionnelle".

Par chance pour moi ce soir-là, une ancienne collègue est arrivée dans le restaurant et nous avons discuté ensemble, les laissant là.

Il est clair que ce premier repas commun n'a pas permis à mes parents de se faire une réelle opinion sur lui, ce dernier s'étant révélé très poli, très avenant. La seule chose que ma maman a pu me dire avec certitude est :

— *Il a de très beaux yeux !*

Mon anniversaire arrivait en fin de semaine. Mes parents avaient prévu de m'emmener dans un restaurant gastronomique de la région.

Ils ont invité Raoul afin de faire plus ample connaissance. Bien évidemment, il s'est montré sous son meilleur jour, jouant le rôle du gendre idéal et parfait. J'étais ravie que le courant passe bien entre eux, car ma relation avec mes parents est très fusionnelle et importante à mes yeux.

De fil en aiguille, Raoul a rencontré tous les membres de ma famille, lesquels sont tous tombés sous son charme ainsi que sur son côté "écorché vif". Il n'hésitait pas à raconter sa vie antérieure à tout le monde, en choisissant les sujets en fonction des personnes présentes, de manière à être le "pauvre petit".

Le début de notre vie commune était agréable. Souvent, Raoul terminait le travail plus tôt le vendredi pour faire le ménage, m'invitait régulièrement au restaurant, venait en courses avec moi le samedi matin, m'aidait quand je préparais le repas du soir. L'homme parfait pensais-je. Il continuait à me raconter son vécu, surtout les choses affreuses qu'il avait subies et qui me faisaient mal pour lui, mais il y avait un hic.

Durant presque un mois, Raoul n'a pas cherché à me faire l'amour. Je me posais des questions et je lui en ai parlé. Il m'a alors dit qu'il se faisait beaucoup de soucis pour "sa fille" qui ne l'était pas, mais qu'il considérait comme telle l'ayant connue toute petite avec sa deuxième épouse. Il ne comprenait pas pourquoi tout d'un coup elle le rejetait, etc.

Je suis passée par là-dessus, m'inquiétant pour lui et oubliant ma frustration de partager mon lit avec un homme chaque nuit sans qu'il se passe quoi que ce soit. »

— Eh bien ! Pénélope, tu as été très patiente, personnellement je n'aurais pas pu dormir avec une femme sans la toucher. Il devait avoir un sacré problème !

— Oui, je sais bien, mais je ne le voyais pas comme ça.

« Raoul a enfin fait une tentative un soir qui s'est révélé être un échec cuisant. Sa réaction m'a fortement surprise, car je ne m'y attendais pas du tout, satisfaite qu'il y ait un mieux de par ce rapprochement. Il s'est levé du lit et a mis un coup de poing dans le mur, faisant ressurgir en moi de très mauvais souvenirs.

Je le lui ai dit, il m'a expliqué son geste et s'est positionné une fois de plus en victime. J'ai laissé aller mon côté compatissant fort développé ressurgir.

Après cette tentative échouée, je lui ai suggéré qu'il

fallait peut-être qu'il envisage de consulter un médecin, ce qui l'a bien évidemment vexé, ou qu'il règle son problème avec "sa fille" afin de pouvoir passer à autre chose de manière libre.

Inutile de vous dire que ce discours ne lui a pas plu du tout et que, comme par hasard, le jour suivant il arrivait à me faire l'amour avec fougue, en me confiant être soulagé que "cette première fois" se soit enfin passée, car il avait souffert de cette situation qu'il ne maîtrisait pas et qui le rongeait au plus profond de lui. »

Chapitre 12
L'étau se resserre

« Depuis lors, nous avons continué notre vie commune sans accrocs, jusqu'à la rencontre avec sa mère, passage obligatoire, mais fort désagréable pour moi vu le portrait qu'il m'en avait brossé.

Cette dernière n'habitait pas loin de chez moi, et nous avons été invités à manger. L'accueil glacial que j'ai reçu m'a quelque peu surprise. La soirée a été très longue et très difficile pour moi.

Sur le chemin du retour, je lui en ai fait part et comme réponse, je n'ai eu qu'un :

— *Tu t'attendais à quoi vu ce que je t'ai expliqué, ne t'inquiète pas, nous ne la rencontrerons pas souvent.*

Je suis bien élevée, je crois, et je lui ai proposé de rendre l'invitation ce qui me semblait normal. J'ai dû insister pour qu'il l'appelle, et surtout qu'il se décide à la convier, alors que c'était moi qui m'étais retrouvée confrontée à une femme froide à laquelle je "volais" son fils, ce que je ne comprenais pas, vu que j'étais une énième conquête dans sa vie.

Finalement, sa mère est venue chez nous un samedi soir dont je me souviendrai toute ma vie. Nous avons pris l'apéro, mangé tranquillement. Elle me paraissait plus aimable que lors de notre première rencontre.

Je ne me doutais pas du cadeau qu'elle me réservait pour la fin de soirée.

Elle a bu à en être malade, à aller vomir et recommencer à boire. Elle alla même jusqu'à avaler les sticks de gourmandise pour mon chat. Enfin bref, un comportement de "folle", à tel point que je n'ai pas osé la laisser rentrer chez elle, et lui ai proposé de dormir à la maison.

Grand mal m'en a pris ! Lui ayant ouvert le canapé pour le transformer en lit, donné oreiller et couette, posé une cuvette à côté au cas où, au petit matin, j'ai eu l'agréable surprise de constater l'ampleur des dégâts.

Ne supportant pas de la voir plus longtemps, en raison du manque de respect qu'elle avait démontré envers moi, j'ai demandé à Raoul de la ramener chez elle.

Évidemment, je lui ai encore fourni, thé, coca, et Alka Seltzer, car elle n'en avait pas à la maison, sans un merci ou un désolée... J'ai passé ma matinée à nettoyer les traces laissées par sa nuit. J'ai même été jusqu'à téléphoner à ma marraine pour aller faire une machine avec la couette et l'oreiller souillés chez elle.

Raoul ne faisait que me dire qu'il m'avait avertie que sa mère avait des problèmes et qu'il était désolé pour elle. Que toute son enfance avait été rythmée par ce type de comportements. Le pauvre, me suis-je pensé, en continuant à frotter. »

— Mais vous plaisantez, Pénélope ?

— Non, je vous jure que c'est la vérité.

— Comment une mère peut-elle agir ainsi et avoir si peu de respect pour la personne qui partage la vie de son fils ? Je n'arrive pas à comprendre ça. Ça m'échappe vraiment.

— Vous savez, Eugénie, tout le monde ne fonctionne pas comme nous malheureusement.

— C'est un fait, Pénélope, mais tout de même, il y a des limites à tout !

Pénélope reprit :

« Depuis lors, Raoul n'a pas cessé de m'apporter des fleurs, des petites intentions allant même rencontrer ma maman à son bureau pour lui dire qu'il allait m'offrir un voyage à Saint-Martin l'hiver suivant.

Raoul demandait toujours à voir mes parents, ce qui ne me dérangeait pas vu mon entente avec eux, mais je ne trouvais pas tout à fait normal, pour un jeune couple, de passer tous les samedis et dimanches avec les parents de l'un ou l'autre.

Lorsque l'on envisageait un week-end à deux ou des vacances, Raoul me proposait toujours "on regarde avec tes parents". Je me disais qu'il n'avait pas eu de vie de famille normale, qu'il avait tellement souffert enfant, que c'était peut-être un moyen pour lui de se reconstruire auprès d'une famille unie et aimante.

Au mois de mai 2004, alors que nous mangions des grillades sur le balcon, au même instant, nous nous sommes dit "j'ai une idée". Galanterie oblige,

Raoul m'a demandé de faire part de la mienne en premier.

Je lui ai alors dit que je songeais qu'il serait bien de déménager pour avoir une pièce de plus. Mon appartement était sympa et douillet, mais à deux, il devenait étroit. Il fallait que chacun puisse avoir son espace. Idée qu'il a balayée directement, me disant que lui avait pensé que nous devrions nous marier et que le déménagement était bien moins important !

Jamais je n'avais été attirée par le mariage. Je trouvais cela inutile tant qu'il n'y avait pas d'enfant issu du couple. J'ai été stupéfaite et très mitigée.

Je ne comprenais pas ce besoin de passer par l'étape "mairie" pour prouver à l'autre son amour et surtout, après trois mois et demi de vie commune.

Par son discours bien préparé, Raoul a réussi à me "convaincre", mais j'admets que j'ai surtout accepté pour lui, pour lui redonner cette famille qu'il n'avait jamais eue, cet amour dont il avait toujours manqué, et ce, à la grande surprise de toute ma famille qui connaissait ma position sur le sujet.

Tout est allé très vite, trop vite, je me suis retrouvée mariée le 25 septembre, pour le meilleur et pour le pire, ne me rendant nullement compte de ce que représenterait le pire.

La journée du mariage, a été magnifique, tout c'est très bien passé, mis à part la tête d'enterrement que faisait sa mère avec comme excuse qu'elle pensait à la sienne décédée depuis déjà quelques années.

Une fois rentrés à la maison, Raoul m'a fait l'amour, mais pas de la même manière que d'habitude, se relevant dès qu'il eut terminé, en me disant fièrement :

— Au moins, tu ne pourras pas dire que tu n'as pas eu de nuit de noces !

J'étais un peu désemparée, ne sachant que répondre, et la fatigue aidant, je suis passée par-dessus. Je me souviens encore de son regard lorsqu'il m'a dit ça. »

— Mais quel goujat, il y a vraiment de quoi être déstabilisée. Pénélope, dans quoi t'étais-tu embarquée ?

— Tu vas l'apprendre, Guillaume, laisse-moi terminer si tu veux bien.

— Oui oui, pardon, je n'ai pas pu m'en empêcher.

Pénélope le regarda tendrement et sourit avant de poursuivre.

« Effectivement, j'avais eu une nuit de noces, mais dans quelles noces je m'étais engagée ?

Ce n'est qu'après le mariage que j'ai appris que Raoul était stérile, alors qu'avant nous avions consulté et que je prenais tous les jours des hormones pour favoriser la chance d'une conception. Il était aussi endetté. J'ai cru que mon univers s'écroulait, mais ce n'était que la surface visible de l'iceberg, la partie immergée était pire… Comme la majorité des couples d'aujourd'hui, nous étions installés et nous n'avions besoin de rien pour notre ménage. Alors nous avions demandé de l'argent pour notre voyage de noces ou de bons établis par une agence.

Me rendant un jour chez le voyagiste en compagnie de ma maman, nous avons pris un catalogue pour voir ce qui était proposé comme destinations entre

Noël et Nouvel' An. J'ai eu un coup de cœur pour un hôtel au Kenya.

Je savais que Raoul ne portait pas dans son cœur les personnes de couleurs, et je n'y croyais pas trop. En lui parlant de cette destination, j'ai eu droit à deux surprises : la première qu'il était d'accord pour le Kenya et la deuxième, que ce serait top si mes parents nous accompagnaient !

Il s'agissait de notre voyage de noces, je ne l'imaginais pas ainsi, pourtant, nous sommes partis à quatre.

Sur place, tout s'est bien déroulé. L'hôtel choisi était une pure merveille, l'océan Indien magnifique malgré le tsunami qui venait de passer au large, mais pour moi, ce n'était pas un voyage de noces. J'ai refoulé ce sentiment de non-recevoir, car je ne pouvais rien y changer.

Alors, autant profiter de tous les instants précieux qui s'offraient à nous. Au cours de nos discussions, Raoul nous a révélé que la cousine de sa chère mère vivait depuis quelques années au Kenya. Il aurait été sympathique de la rencontrer, mais il n'y tenait pas.

Au retour, la routine du quotidien a repris son cours, mais plus on avançait dans le temps, moins il était enclin à recevoir mes copines de toujours, lui de son côté n'en ayant que très peu.

Raoul ne tolérait que deux personnes de mon entourage qui n'était pas de ma sphère familiale. L'une étant célibataire et aisée financièrement, l'autre, mon amie de toujours dont il était impossible de me séparer.

Je ne disais rien, sachant que, comme l'exprime le

dicton "lorsque tu te maries, tu perds les cinquante pour cent de tes amis", je laissais couler.

Le temps passait, je continuais à parler de déménagement, car pour moi, il était obligatoire que nous ayons plus d'espace. Un deux-pièces de taille très confortable pour une personne seule était "juste" pour un couple. J'avais entendu qu'un appartement de trois pièces et demie se libérait dans notre immeuble.

Aussi j'ai insisté afin qu'il fasse le nécessaire auprès du gérant qu'il connaissait par le biais de son travail afin qu'on l'obtienne, chose qu'il a faite, pour avoir la paix.

Par contre, à aucun moment, je n'ai imaginé que je plongeais bras ouverts dans son piège. Raoul m'avait obtenu ce que je souhaitais, c'était à mon tour de le satisfaire en stoppant toute activité professionnelle.

Raoul m'a raconté que son poste était en jeu si je n'arrêtais pas de travailler et j'en passe. Confuse, j'ai demandé à mon employeur de me licencier afin de ne pas être pénalisée au chômage, ce qu'il a fait. »

Chapitre 13
La descente aux enfers

« Après une année de mariage, le cauchemar a commencé pour de bon. Raoul montrait enfin son côté obscur, mais en étant suffisamment malin, pour tourner les choses de manière à ce que je ne m'en rende pas compte, que je continue à le "victimiser", allant jusqu'à pleurer sur son enfance, sur sa mère, etc. Il buvait de plus en plus, fumant chaque soir de l'herbe pour se détendre de sa journée de travail. Je laissais aller. Je me disais que ça lui faisait du bien et, que le temps effacerait tout ça, et que notre relation s'améliorerait.

En novembre, ma maman n'était pas très bien moralement suite à un licenciement. Mon papa nous a offert à toutes les deux une semaine de vacances en Égypte, vacances qui se sont bien passées.

Il était prévu que ces messieurs mangent ensemble et, comme par hasard, Raoul est tombé malade, lui qui ne l'était jamais, encore une fois pour me culpabiliser de l'avoir "abandonné".

À mon retour, l'accueil a été plus que froid. J'ai

mis tout ça sur le compte qu'il avait été peu bien et que vu l'heure d'arrivée de l'avion, il était fatigué. Mais non, Raoul me faisait payer son abandon.

L'enfer a gentiment pris le dessus, je ne travaillais plus, j'étais à la maison toute la journée et je m'ennuyais.

Pour se donner bonne conscience, mais plutôt dans le but de me contrôler, Raoul venait tous les matins boire son café à la maison, relevant le courrier au passage, courrier dont je ne voyais que la moitié, et encore.

J'étais la petite épouse "tarte aux pommes", qui n'avait plus vraiment de sens à sa vie, se sentant exclue du monde extérieur hormis la famille, qui était là pour faire à manger, le ménage, la lessive, le repassage, et être en permanence à son écoute.

À l'écoute de ses mensonges, devrais-je dire. Le soir, je n'avais plus accès à la télévision, lui ne regardait que des programmes vus et revus qui ne m'intéressaient pas, j'allais alors me coucher à 21 heures avec mon chat, Shebec, m'enfermant dans ma bulle tout en lisant.

À cette période, ses problèmes érectiles ont repris le dessus. À chaque fois, Raoul faisait tout afin de me faire culpabiliser pour finalement m'affirmer que ce n'était pas de ma faute. Je lui ai dit qu'il serait bien qu'il consulte, car il devait avoir un blocage et que, moi, je ne pouvais pas l'aider plus.

Je l'ai accompagné chez notre médecin traitant et chez l'urologue qui, tous deux, ne diagnostiquèrent aucune pathologie, et lui conseillèrent de solliciter un psychiatre ou un psychologue.

Étonnamment, Raoul a accepté de consulter. Il est allé à quelques séances, seul, sans qu'il y ait d'améliorations. Peu après, son thérapeute a souhaité me rencontrer, ce qui me semblait clairement indiqué dans ce type de problématique. J'y suis allée.

Tout d'abord, nous étions les deux face à lui. Nous avons abordé le sujet tout à fait ouvertement puis le psy lui a demandé d'aller en salle d'attente un moment, ce dernier voulant me parler. Nous avons échangé quelques instants et ses ultimes mots ont été :

— *Faites attention à vous, Madame.*

Depuis cette séance, inutile de vous dire que Raoul n'a pas poursuivi sa thérapie, et qu'il n'a fait aucun effort pour remplir son devoir conjugal. Il était certes plus âgé que moi, mais en pleine force de l'âge.

Je n'avais décidément plus de vie, je me sentais sale et moche, je m'empêchais de sombrer, car Raoul avait besoin de moi, mais je me laissais totalement aller. À quoi bon faire des efforts sans arrêt pour n'avoir rien en retour ».

— Mais quel vécu, je n'arrive pas à comprendre qu'une personne telle que vous ait pu traverser tout ça. Ne put s'éviter d'exprimer Eugénie, les larmes aux yeux.

— Détrompez-vous, ce sont justement les gens comme nous qui tombent dans le piège.

« Alors certes, j'allais en courses, boire le café avec ma maman, mais je cachais mon côté vide, ainsi que son côté sombre. De fait, personne ne se rendait réellement compte de ce qui se déroulait au sein de mon foyer. Même pas moi !

Une fois que Raoul n'avait pas pu venir prendre son café le matin, je suis allée relever le courrier et là, j'ai cru que le ciel me tombait sur la tête. Des rappels, des sommations et j'en passe, remplissaient la boîte à lettres, alors que lui jouait au parvenu allant tous les samedis midi manger au restaurant avec mes parents bien entendu, me faisant des cadeaux, etc.

C'est là que j'ai décidé de recommencer à travailler, quoique Raoul en dise, je ne supportais pas cette situation financière. J'en avais marre de broyer du noir à la maison toute la journée alors que j'étais professionnellement très compétente, et qu'à mon âge, sans enfant, il n'y avait aucune raison pour que je reste femme au foyer.

Lorsque je lui ai annoncé ma décision et précisé que celle-ci n'était pas négociable, j'ai signé définitivement mon pacte avec le diable. Je me souviens encore aujourd'hui du regard qu'il m'a lancé.

Par contre, j'ai tenu bon et j'ai réactivé mon réseau afin de trouver un mi-temps. Jamais Raoul n'aurait pensé qu'une semaine après je commencerais une mission temporaire, pour le remplacement d'un congé maternité. Même si cette entreprise était une société de dingues, j'étais enfin hors de la maison. »

— Bravo, je te félicite, c'était la meilleure chose à faire avec un malade pareil. S'emporta Guillaume.

« En novembre, lorsque je suis partie travailler un matin, il y avait une enveloppe qui dépassait de la boîte à lettres dont je n'avais plus la clé. Je l'ai tirée pour voir ce que c'était. Il s'agissait d'une régie qui annonçait que l'appartement pour lequel Raoul s'était inscrit avec une femme, dont j'ignorais tout, ne lui était pas attribué.

Je l'ai appelé pour savoir ce qu'était cette plaisanterie. Il ne me touchait plus depuis près de deux ans, j'ai pensé qu'il avait quelqu'un, ce qui, finalement, m'aurait bien arrangée.

Je me souviens encore du ton de sa voix, et du cinéma qu'il a fait pour se justifier, inventant des prétextes farfelus pour me balader, et encore une fois "victimiser".

Je l'ai cru, passant à autre chose. »

— Mais quel fumier, je ne peux pas admettre que l'on traite une femme de cette manière ! Non, mais sérieusement, tu ne l'as pas fait interner Pénélope ?

— Je comprends ta réaction, Guillaume, mais non !

« En décembre, j'ai eu une proposition d'emploi fixe dans une entreprise concurrente de la sienne, dont je connaissais le directeur ainsi que le grand patron du Groupe.

Inutile de vous dire que lors de l'entretien d'embauche, tout s'est bien déroulé et que j'ai été engagée sur le champ.

J'ai signalé où mon mari travaillait avant l'engagement pour qu'il n'y ait pas de souci dans le futur. Comme ils me connaissaient, ils savaient très bien que je respecterais mon devoir de réserve, ce que je fis sans aucun problème. Et Dieu merci !

Il est clair qu'à partir de ce moment-là, la vie à la maison, qui n'était déjà pas rose auparavant, est devenue plus que sinistre.

Travaillant à l'extérieur, je voyais ce qu'il se

passait autour de moi, ce que les autres vivaient dans leurs couples, je découvrais un Nouveau Monde. J'admets volontiers que mon supérieur a tenté à plusieurs reprises de m'ouvrir les yeux, mais comme ils étaient collés à la super glue, je ne me rendais toujours pas compte que MA vie n'était pas une vie normale.

Non seulement nous n'avions pas de rapports physiques, mais en plus, Raoul s'était offert une console de jeux sur laquelle il passait tout son temps libre, ce qui me dérangeait au plus haut point.

Raoul en était arrivé au stade où même lorsque nous avions des visites, il continuait à jouer et tirait la gueule quand je lui demandais d'arrêter, comme un gosse qu'on aurait puni.

Un soir où j'étais un peu ivre, je lui ai demandé ce qu'il attendait de notre couple ou de moi. Je ne comprenais pas ce que nous faisions toujours ensemble. Après 4 ans de mariage, et en être à ce stade, il devait y avoir un problème. Il fallait qu'il me parle parce que de mon côté, je ne pensais pas m'investir dans cette relation encore très longtemps.

C'est là qu'il m'a donné une baffe. Grand mal lui en a pris, il en a reçu deux en retour ! Il m'était totalement impossible de ne pas rendre les coups, et je voulais faire comprendre à Raoul que jamais je n'accepterais qu'il me frappe. Il n'a jamais recommencé, son amour propre en avait ramassé un sacré coup. »

— Put***, Pénélope, mais de quel droit il a osé porter la main sur toi ? Non, mais sérieux, c'était quoi son problème à lui ? Tu as bien fait de lui rendre !

— Je ne sais pas, Guillaume, tout ce dont je suis sûre c'est que je n'ai pas réfléchi, c'est parti tout seul et je ne regrette rien, enfin si, d'avoir été aussi idiote.

— Ne prononcez plus jamais ça en ma présence. Vociféra Eugénie, qui n'arrivait pas à croire ce qu'elle entendait.

« Un jour que j'étais allée prendre un café avec ma maman, je lui ai dit que je commençais à en avoir sérieusement marre, que je ne savais plus quoi faire et que je pensais laisser sa chance à Raoul jusqu'aux vacances d'été. Après, s'il ne me touchait toujours pas et s'il continuait à passer sa vie sur sa console, j'envisagerais de le quitter. »

Chapitre 14
Enfin libre

« Un jeudi, Raoul m'annonce être invité à la pendaison de crémaillère d'un de ses amis que je n'aimais pas.

Je lui ai dit qu'il pouvait y aller et que, s'il buvait des verres, je préférais qu'il dorme sur place. Comme Raoul avait besoin de son permis de conduire pour son travail, il fallait simplement qu'il m'avertisse, que je ne m'inquiète pas pour rien.

Aux environs de 23 heures, j'ai reçu un SMS où Raoul me disait : soirée top, je dors chez mon pote, à demain. Je suis allée me coucher l'esprit tranquille.

Le lendemain matin, aucune nouvelle de lui, ce qui était étonnant du fait qu'il était lève-tôt. Je suis alors partie en commissions avec mes parents.

Il y avait un concours ce jour-là dans le magasin où nous étions. Il était possible de gagner 10 à 80 pour cent du montant de nos achats à faire valoir sur nos prochaines courses.

Comme par hasard, j'ai gagné le 80 pour cent et je me suis retournée vers mes parents, leur disant :

— Ah ! ben ça va bien, je suis cocue !

Et je le pensais vraiment, je me sentais soulagée !

Mon téléphone a sonné aux alentours de midi et Raoul me demandait où j'étais et avec qui, car je n'étais pas à la maison. Je lui ai répondu que j'étais au restaurant avec mes parents et qu'il pouvait nous retrouver.

Raoul a tenté d'esquiver, me proclamant qu'il était en panne avec sa voiture. Comme la mienne était sur le parking et que les clés étaient dans le meuble de l'entrée, je lui ai dit de nous rejoindre avec.

À son arrivée, quatre yeux graves se sont retournés vers moi qui, malgré ce que je découvrais, suis restée stoïque : Raoul était couvert de suçons, entre autres.

À notre retour, j'ai engagé la discussion de manière très calme. Comme à son habitude, Raoul a essayé de m'embrouiller le cerveau, mais malheureusement pour lui, l'occasion qui s'offrait à moi était trop belle pour que je la laisse passer !

Je lui ai annoncé que je souhaitais divorcer et que ce n'était pas négociable.

Par contre, Raoul a été fort surpris, car, comme il me pensait toujours sous son emprise, il s'imaginait que nous passerions les vacances ensemble, et que lors de la réunion de famille du week-end suivant, il serait présent.

Dans sa tête, tout allait continuer comme avant. Mais, tout au fond de moi, j'ai enfin trouvé la force et les ressources pour le quitter, et sortir de cette spirale infernale.

Le dimanche, j'ai déplacé mon lit dans une autre

pièce, car inutile de vous dire que je ne pouvais plus le sentir.

Je triais son linge sale que je laissais au sol ne lavant que le mien et plus de courses, plus de repas, plus rien.

Je rentrais tard pour ne pas avoir à le croiser, de peur qu'il n'arrive, une fois de plus, à me manipuler.

Raoul s'imaginait que je changerais d'avis, que je pardonnerais et serais à nouveau la petite épouse "tarte aux pommes". Il n'a jamais pensé une seconde que je lui donnerais 10 jours de délai pour quitter les lieux.

J'étais enfin libre, mais pas encore libérée…

Ses dettes m'ont rattrapée me laissant dans une situation de merde – il n'y a pas d'autre mot – pendant environ 5 ans. Les chiffres faisaient froid dans le dos, je suis fière de m'en être sortie. Sortie de cet enfer de manipulations, de mensonges et de jeux avec les sentiments.

Aussi, j'ai commencé à me rendre compte que Raoul ne m'avait pas seulement trompée à la fin de notre mariage.

Les aléas de la vie m'ont fait découvrir qu'il entretenait une relation avec notre voisine. Il est vrai que je ne m'en étais jamais rendu compte, même si parfois je me posais des questions.

Lorsque nous étions privés d'eau chaude, Raoul refusait d'aller prendre une douche chez mes parents qui ne vivaient qu'à quelques centaines de mètres de chez nous. Il préférait aller se doucher chez la voisine. Aussi, lors de soirée, je partais me coucher et les laissais seuls. Jamais je n'aurai pensé que ces deux puissent entretenir une relation, surtout connaissant les problèmes érectiles de Raoul, et elle se prétendant mon amie ! Mais comme le dit le dicton : on est toujours plus intelligent après.

Une chose est certaine, non seulement le départ de Raoul m'a été salvateur, mais il m'a aussi permis de faire le ménage dans les personnes qui m'entouraient. »

— Voilà mes amis, vous comprenez maintenant pourquoi j'ai eu une peur bleue en le voyant.

— Je n'ai pas de mots, Pénélope, lui rétorqua Eugénie.

Quant à Guillaume, bien qu'il soit clairement hors de lui, il avait à nouveau sa mine sombre des mauvais jours.

— Est-ce que ça va, Guillaume ? lui demanda Pénélope.

— Euh oui, oui, c'est juste qu'il faut que j'intègre tout ça, il me faut un peu de temps, tu veux bien ?

— Évidemment, Guillaume, mais je ne voulais pas te blesser avec mon histoire. Répondit Pénélope, la mine fermée.

De son côté, Eugénie, qui avait pris le temps de la réflexion, lui dit :

— Vous savez Pénélope, votre récit m'a fait étrangement penser à quelque chose. Un soir que je regardais une émission à la télévision, « Les Coulisses de l'Événement », il y avait un reportage sur la disparation de jumelles qui vivaient en Suisse dans laquelle ils essayaient de décortiquer cette triste affaire. Je me souviens de la description du pervers narcissique mise en avant par un professeur en psychiatrie et expert aux tribunaux, Paul Bensussan et une psychiatre, Marie-France Hirigoyen.

Ce que ces experts mettaient en exergue correspond en tous points avec les agissements de votre ex-mari.

— C'est possible, Eugénie, mais je n'irai pas jusqu'à le traiter de pervers narcissique, aucun diagnostic n'a été établi, je préfère ne pas le nommer ainsi, même si je suis convaincue que l'avertissement de son psychiatre allait dans ce sens. Pour moi, cela reste un odieux personnage, rien ne sert d'inéluctablement chercher d'autres termes afin de le cataloguer.

— Je vous comprends, c'est juste que vous voyez, à mon âge, on tire vite des conclusions.

— Je sais ce que vous voulez dire. Je ne dis pas que vous avez tort, simplement, je n'ai pas envie de le prendre pour un malade.

— Vous avez bien raison, Pénélope, ce serait lui donner bien trop d'importance !

Pénélope sourit tendrement à Eugénie et regarda Guillaume qui avait la mine sombre. Elle s'en voulut de l'avoir pareillement touché avec son histoire et lui dit :

— Guillaume, je te prie de m'excuser, je ne pensais pas te rendre si mal avec mon récit.

— Non, Pénélope, ce n'est pas de ta faute.

Il se leva pour partir leur disant :

— Je reviendrai plus tard ou demain pour l'accrochage des poèmes de Manon, mais là, j'ai besoin de faire le vide, désolé.

Eugénie et Pénélope se regardèrent sans savoir

comment agir et le laissèrent filer.

— Eugénie, j'ignore ce que vous en pensez, mais je crains que notre Guillaume ne nous ait pas tout dit.

— Je vous rejoins, Pénélope, quel est encore ce lourd secret qu'il porte sur ses épaules ?

— Aucune idée, j'espère simplement qu'il aura la force de nous en parler, ça l'apaiserait. Mais il est vrai que les hommes sont plus réticents, et ne s'ouvrent pas volontiers quand ils ont subi des violences.

— Vous avez raison, d'ailleurs je me demande bien pourquoi...

— J'imagine qu'il n'est pas facile pour le sexe dit « fort » d'admettre ses faiblesses, et malgré tout, je pense que pour un homme ça doit être rabaissant d'oser en parler. Le jugement doit être encore pire que celui auquel ont droit les femmes.

— Oui, ça doit être ça. Quelle chance pour nous que Guillaume partage son vécu ! Quelle magnifique marque de confiance !

Pêche d'enfer

Alors que je t'avais perdue
Empruntant le mauvais chemin
Soudain tu m'es apparue
Là-bas, tout au loin

Mon âme en peine
Mon corps en panne
Impossible que tu sois mienne
Mon cœur est en fane

Pourtant de si loin
Il me semble apercevoir
Au fond de ce trou noir
Une lueur dont j'ai besoin

Surprise par cette lumière
Courant pour la retrouver
Laissant mes tracas à hier
Je suis le chemin de fer

Arrivant à destination
Non sans peine, je l'avoue
Libérée de tant de pression
À toi lumière, je me voue

Retrouver une pêche d'enfer
Mon tour enfin c'est
Laissant les souvenirs amers
Loin dans leur enfer

Pêche d'enfer retrouvée
À jamais, je l'espère
Pêche d'enfer tant aimée
Pêche d'enfer tu es immaculée

Chapitre 15
Les femmes aussi...

Eugénie et Pénélope ne purent s'empêcher de sourire en voyant Guillaume revenir sur ses pas et entrer dans le café.

— Excusez-moi, j'ai agi comme un idiot. Une fois de plus, j'ai préféré fuir plutôt que de me confier.

— Mais enfin, tu n'es pas idiot, on ne se refait pas en un claquement de doigts. Par contre, tu nous as inquiétées, Eugénie et moi.

— Croyez bien que j'en suis désolé, il m'arrive parfois d'agir sans réfléchir et sans penser aux conséquences.

— Eh bien, Guillaume ! il va falloir que vous changiez ça, nous mettre en soucis comme ça, vous n'en avez pas le droit ! lui dit Eugénie en resservant des boissons à tout le monde.

— Pénélope, je ne sais pas si ça va te rassurer, mais je vais vous raconter ce que j'ai vécu, lorsque je demeurais encore à Paris.

— Nous écoutons, Guillaume, lui répondirent-elles en cœur.

« Un an après avoir quitté la mère de mes enfants, je faisais la connaissance d'une femme lors de l'une de mes interventions en SMUR pour une péritonite… Eh oui ! elle a été ma patiente.

Nous avons eu le temps de discuter un peu lors de son transport et le soir même, je retournais aux urgences prendre discrètement de ses nouvelles.

Le lendemain, j'étais à son chevet après son opération, histoire de lui rendre une petite visite.

À sa sortie, elle m'invita chez elle en me disant :

— Mes parents sont là et ils veulent à tout prix te remercier de ta gentillesse.

Très gêné, j'acceptais tout de même l'invitation, et nous avons passé une très belle soirée. Par la suite, je venais changer ses pansements, jusqu'au jour où nous nous sommes enlacés fortement. Nous discutions beaucoup et elle m'apprit qu'elle était très malade (bipolaire et schizophrène).

Quelques mois après, je décidais de l'accompagner dans la vie de tous les jours. Je l'aimais tellement ! Eh oui ! elle a été mon amour. »

— Guillaume, tu es vraiment adorable, qui d'autre que toi pouvait partager sa vie avec une femme profondément atteinte dans sa santé. Tous les jours, tu me surprends !

— Normal, elle était mon amour, je sais, je me répète.

Il poursuivit :

« J'étais certain de pouvoir l'aider dans sa maladie, lui apporter une vie saine et normale.

Les six premiers mois ont été féeriques. Nous étions un peu décalés, elle se couchait tôt après la prise de son lourd traitement, puis elle se réveillait la nuit pour travailler. Elle était professeur de français et poétesse à ses heures perdues.

Comme certaines personnes le savent, la bipolarité est une maladie particulière, avec des phases hautes et des phases basses, très basses même, et entre les deux, de très courtes phases normales.

Elle était parfois hospitalisée en maison de repos.

Lors de l'un de ces fameux séjours, je décidais de refaire en totalité son appartement afin qu'elle puisse avoir un renouveau dès son retour.

Les mois passaient avec leurs hauts et leurs bas, plus le temps filait, plus je m'apercevais que j'entrais dans une spirale malsaine. Elle buvait énormément.

Un jour, suite à une grosse crise, j'ai été dans l'obligation de la faire interner avec, bien entendu, l'accord de ses parents.

Un moment extrêmement difficile pour elle comme pour moi. De ce début d'hospitalisation jusqu'à son retour tout est parti en vrille. Oui, elle a été mon bourreau ! »

— Eh bien, Guillaume ! jamais je n'aurais pensé que vous ayez pu vivre une telle chose, je suis bouche bée.

— Il n'y a pas de mal, je vais reprendre tant que j'en ai le courage, vous voulez bien ?

Eugénie l'encouragea d'un hochement de tête.

« Les crises devenaient beaucoup plus fréquentes ; dans les phases basses, elle redevenait une petite fille totalement paumée, et lors des phases hautes, sexe et alcool étaient de la partie, mais bien évidemment, pas avec moi !

Au bout de deux ans, j'apprenais qu'elle n'avait jamais quitté son ex-ami alcoolique et fumeur de joints, et qu'elle le voyait régulièrement.

Je me suis pointé chez lui, enfin dans son squat, afin de pouvoir lui parler, mais en vain. Une violente bagarre a éclaté, suivie d'une garde à vue (je n'en suis pas fier).

Je décidais de prendre un peu le large une petite semaine, et à mon retour, je trouvais dans une des chambres libres de son appartement les affaires d'un homme, lui demandant des explications elle me répondit :

— Guillaume, je t'en prie, aide-moi ! J'ai hébergé ce mec quelques jours et maintenant je n'arrive pas à m'en défaire. En plus, je subis des viols tous les soirs.

J'ai cru devenir fou. Je l'ai attendu 24 heures sans fermer l'œil, jusqu'au moment où la porte s'ouvrit. Évidemment, je lui ai sauté dessus sans aucune explication, je vous passe les détails.

Cela m'a valu un tendon presque sectionné au niveau du pouce.

Les pompiers et la police sont intervenus. J'étais à terre, et lui aussi !

Pendant mon hospitalisation, j'ai eu la visite de cet homme qui m'a raconté qu'un soir de beuverie durant mon petit break, elle traînait dans les bars. Elle l'avait simplement ramené chez elle lui offrant une chambre.

Bien sûr, il n'y avait jamais eu de viols… Elle était tout à fait consentante, et a simplement fait passer cela pour des viols, juste pour le dégager de chez elle. »

— Guillaume, mon Dieu, comment as-tu pu vivre un truc pareil, finalement, c'est bien pire que ce qui m'est arrivé ?

— Non, Pénélope, moi, je le voulais.

« Après mon petit séjour à l'hôpital, je retournais chez elle afin de récupérer mes affaires.

Quelques jours après mon départ, je recevais un appel au secours de sa part. Elle me parlait en pleurant et j'entendais le cliquetis de ses plaquettes de médicaments.

Eh oui ! elle était en train de prendre des poignées de médocs avec de l'alcool. Elle habitait en région parisienne et moi j'étais retourné dans le 18e.

Je sautais dans un taxi tout en appelant les secours. Je suis arrivé en même temps que les pompiers. J'ai vécu devant tous ces gens la pire humiliation de ma vie.

— *Vous savez, c'est dommage qu'il ne s'appelle pas Williams, je l'ai pressé comme une poire !*

Malgré cela, j'étais incapable de la laisser ainsi. J'ai passé la nuit à son chevet dans le couloir des urgences en attendant qu'elle se réveille.

Ensuite, je suis rentré, j'ai appelé ses parents et leur ai dit que j'allais la quitter.

Ce cauchemar m'a valu une tentative de suicide dans le métro (merci encore à celui qui m'a rattrapé de justesse) ainsi qu'une thérapie de 7 ans.

Deux ans après, j'ai eu des nouvelles par une de ses amies. Elle était hospitalisée à nouveau. Je ne pus m'empêcher d'aller la voir. Elle ne m'a même pas reconnu, putain !

Elle avait une poupée à la main et me regardait avec un petit rictus. Je crois que je n'oublierai jamais ce regard et ce sourire.

J'ai su par la suite qu'elle était repartie en Russie là où elle avait étudié et travaillé en tant que professeur de français en faculté de médecine.

Voilà, depuis ces accidents de la vie, je suis devenu très méfiant et je ne crois plus en rien et surtout pas en l'amour, mais je m'en sors bien.

Il y a eu l'arrivée d'une petite fée, une petite fleur, une grande amie, ma moitié. Elle ne sera jamais mienne je le sais bien. Oui, une femme qui est la moitié qui me manque ».

Eugénie et Pénélope se regardèrent, voyant toutes les deux le chemin des larmes de l'autre sur leur visage.

Elles comprirent enfin pourquoi Guillaume était si tourmenté et furent honorées qu'il partage son parcours de vie avec elles.

L'une et l'autre ne surent que dire, elles déposèrent alors un bisou sur chacune des joues de Guillaume et l'étreignirent.

Eugénie, toujours de bons commandements leur dit :

— Écoutez, les jeunes, toutes ces histoires de vie m'ont épuisée, si vous le voulez bien, nous accrocherons les poèmes de Manon demain ?

— Avec une grande joie ! lui répondirent Pénélope et Guillaume.

Venimeuse

Sous tes grands airs
De femme fatale
Qui ne se laisse faire
Tu es la reine du bal

Bal funeste tu vis
Tout ça pour pourrir
La belle âme d'un ami
Qui a tant à offrir

Remballe tes artifices
Crédible tu n'es pas
Surveille tes orifices
Le supplice devient las

La vie n'est pas comédie
Savoir garder son honneur
Faire fi des soucis
Traverser les épreuves

Ta vie semble douloureuse
Pourquoi ne pas en changer
Tu es trop venimeuse
Et ça te fait bander

Venimeuse dans tes actes
Tortionnaire dans tes propos
Le diable et toi avez un pacte
OK, laisse-nous en repos

Chapitre 16
Quand le sort s'acharne

Pénélope et Guillaume parvinrent en même temps au café et furent surpris de constater que le store d'acier n'était pas encore levé, alors qu'il était déjà 9 heures passées.

Ils se regardèrent inquiets.

— Guillaume, j'espère qu'il n'est rien arrivé à Eugénie. Ce n'est pas normal que le café ne soit pas ouvert à cette heure.

— Tu as raison, attends j'essaie de l'appeler, ne sait-on jamais.

Guillaume sortit son portable de sa poche et composa le numéro du café, soucieux.

— Ça sonne !

Quelques secondes plus tard, Guillaume raccrocha, son appel était resté sans réponse.

Il se retourna vers Pénélope.

— Aurais-tu un autre numéro que celui du café ?

— Malheureusement non, je me rends compte à l'instant que je ne connais même pas le patronyme de notre chère Eugénie.

— Ne t'inquiète pas, je vais appeler la police, tant pis si ce n'est pour rien, mais si notre amie a besoin de nous, il faut que nous soyons là.

— Oui, tu as raison, mais tout ceci me fait peur, tu sais.

— Ne te fais pas de souci, Pénélope, tout ira bien, tu verras.

Guillaume composa le 17 et expliqua à l'agent ce qu'il se passait.

— Voilà, Pénélope, ils envoient quelqu'un, ils devraient être là rapidement.

Les minutes qui passèrent jusqu'à l'arrivée de la police leur semblèrent durer une éternité.

Une fois les policiers arrivés sur place, Guillaume, qui avait l'habitude des opérations de secours, leur expliqua qu'ils avaient rendez-vous avec Eugénie, la tenancière du café, et qu'il n'était pas normal que ce dernier soit encore fermé.

Les questions fusèrent, mais ni Pénélope ni Guillaume ne furent capables de répondre. Les agents décidèrent de forcer le rideau de fer pour voir s'il y avait quelqu'un à l'intérieur du café.

Fort heureusement, le café était vide. Pénélope et Guillaume furent soulagés un court instant, mais se dirent qu'Eugénie devait avoir eu un problème, et que malheureusement, ils n'en savaient pas assez pour lui venir en aide.

Guillaume se rendit compte que dans l'équipe de policiers sur place, il y avait un agent avec lequel il avait déjà fait quelques interventions dans le cadre de son travail.

Il se dirigea vers lui et expliqua la situation, dans

l'espoir que ce dernier puisse l'aider ce qu'il fit, en lui donnant les coordonnées d'Eugénie.

Guillaume pressé :

— Viens, Pénélope, j'ai pu avoir son adresse, c'est juste plus loin, allons voir pendant que la police est encore là.

Arrivés sur place, ils sonnèrent à plusieurs reprises et entendirent, derrière la porte, une petite voix :

— Eugénie, c'est vous ? cria Pénélope.

— Oui ma petite, je suis tombée et je n'arrive plus à me lever.

Guillaume défonça la porte et entra :

— Eh bien, ma pauvre Eugénie, vous ne vous êtes pas loupée.

— Non, mon Guillaume, j'ai tellement mal si vous saviez.

— J'imagine très bien, ne bougez surtout pas.

Il retourna dehors et demanda à Pénélope de regagner le café afin d'avertir les agents qu'ils avaient retrouvé Eugénie, et qu'ils envoient le SAMU pour l'emmener à l'hôpital.

Pénélope courut au café et transmit les consignes que Guillaume lui avait signalées.

Entendant l'ambulance arriver, Pénélope se dirigea vers l'appartement d'Eugénie afin de leur indiquer où trouver la blessée.

Enfin, le brancard sortit et elle put voir sa chère amie.

— Eugénie, enfin, si vous saviez comme j'ai eu peur, j'ai cru que nous vous avions perdue, dit Pénélope, les larmes dans la voix.

— Pénélope, merci, Guillaume a déjà fait tout ce qu'il pouvait pour me soulager. Voulez-vous bien m'accompagner les enfants ?

— Bien sûr, Eugénie, lui dirent Pénélope et Guillaume.

Durant le trajet qui les conduisait à l'hôpital, ils ne se parlèrent pas, préférant sourire et tenir la main d'Eugénie qui était en souffrance.

Une fois arrivés au CHU Pellegrin, Pénélope et Guillaume laissèrent partir Eugénie en soins, et attendirent avec impatience d'être tenus au courant du sort de leur amie.

Guillaume, habitué et professionnel, dit à Pénélope :

— Je crains que ce ne soit une fracture du col du fémur.

— Oh ! mon Dieu, pauvre Eugénie, crois-tu qu'elle s'en remettra vite ?

— Je ne peux pas dire, tout dépendra de l'état de ses os, mais je suis convaincu qu'elle récupérera, ne t'inquiète pas.

Après 3 heures d'attente, ils virent un médecin se diriger vers eux. Ce dernier connaissait Guillaume et l'appela pour lui donner le diagnostic établi pour Eugénie.

Guillaume revint vers Pénélope.

— C'est bien ce que je pensais, double fracture du fémur, ils sont obligés d'opérer en urgence.

— Quelle horreur, elle aurait pu se tuer dans sa chute !

— Viens, Pénélope, rien ne sert d'attendre ici, le médecin me téléphonera une fois l'opération terminée, allons plutôt prendre l'air, maintenant que notre amie est en sécurité.

Chapitre 17
Le renouveau

Guillaume reçut un appel du médecin, l'informant que l'opération avait été un succès et qu'Eugénie se trouvait en salle de réveil.

Il téléphona à Pénélope qui lui répondit à la première sonnerie :

— Guillaume, rassure-moi, dis-moi que tout s'est bien passé ?

— Oui, tout va bien, l'intervention s'est bien déroulée et Eugénie est en salle de réveil, nous pourrons aller la voir demain en début d'après-midi si tu veux bien ?

— Oh oui, avec plaisir, alors à demain passe une belle nuit.

— Merci, dors bien et ne t'en fais plus, tout va pour le mieux.

Le lendemain, les deux compères, les bras chargés de fleurs allèrent trouver ensemble Eugénie, qui, mine de rien, les attendait avec impatience.

— Mes amis, si vous saviez comme je suis contente de vous voir.

— Eugénie, nous aussi, vous nous avez fait une belle peur. Ne put s'empêcher de dire Pénélope.

— Ne vous inquiétez pas, ma petite, maintenant tout va bien et Guillaume n'y est pas étranger. Merci encore pour tout.

— Je vous en prie, rien de plus normal que d'aider une amie telle que vous lorsqu'elle en a besoin.

— Alors, Eugénie, si vous nous racontiez ce qui s'est passé.

— Eh bien voilà ! cela fait quelque temps que je me sentais fatiguée, mais je ne pouvais pas laisser mon café, je n'y arrivais pas. Mais voilà, mon corps a décidé pour moi, maintenant je n'ai plus le choix.

Eugénie fondit en larmes.

— Mais non, Eugénie, une fois que vous serez rétablie tout ira bien et vous pourrez rouvrir le café.

— Non, je dois me rendre à l'évidence, même si ça me fend le cœur, je dois m'en séparer.

Pénélope et Guillaume se regardèrent étonnés et déçus, ce café qu'ils aimaient tant, ne pouvait pas fermer.

Tout à coup, une lumière traversa les yeux de Pénélope, qui, un grand sourire aux lèvres, leur dit :

— Vous savez les amis, le café va renaître !

— Mais comment ça, Pénélope, personne ne le rachètera !

— Si, moi, je vous l'achète !

— Mais enfin, Pénélope, dans votre situation.

— Il n'y a pas de « mais » ! Eugénie.

— Comment allez-vous faire ?

— C'est simple, les amis, vous vous souvenez du fameux rendez-vous que j'avais à 11 heures le jour de notre rencontre ?

Eugénie et Guillaume acquiescèrent.

— Eh bien, je devais aller chez mon psy pour connaître le résultat de la contre-expertise, et ce dernier m'a informée que j'avais gagné.

— Mais c'est super pour toi, Pénélope !

— Merci, Guillaume. Comme je dois me trouver une nouvelle activité professionnelle, rien ne m'empêche de racheter votre café et de perpétuer l'esprit qui y règne.

Eugénie la regarda emplie de reconnaissance et d'amour.

***

Quelques mois plus tard après divers travaux effectués en partie par Guillaume et Pénélope, le café allait rouvrir ses portes.

Lorsqu'Eugénie et Pénélope arrivèrent, Guillaume était déjà présent, devant la porte d'entrée qui était recouverte d'un grand rideau noir.

Pénélope, impatiente, le regarda avec étonnement :

— Mais que se passe-t-il, Guillaume ?

— Rien, Pénélope, rien.

— Mais pourquoi caches-tu l'entrée du café comme ça ?

— Ce n'est plus le café, c'est le café des écorchés !

— Oui, oui, c'est sûr, mais pourquoi ?

Guillaume fit tomber le rideau et Pénélope vit, gravé sur le verre de la porte d'entrée un poème de leur amie Manon.

Elle sauta dans ses bras et lut :

Le café des écorchés

Traversez la rue
Soyez les bienvenus
Parlez, souriez
Vous serez entourés

Asseyez-vous
Prenez le temps
C'est entre nous
Soyez confiants

Vos lourds fardeaux
Seront allégés
Face aux tableaux
Que vous contemplez

Soignez vos blessures
Gommez vos ratures
Envolé ce poids
Sous lequel on ploie

Tous vos secrets
Seront sous clé
Comme des trésors
Des coffres-forts

Oubliée la montre
Ces belles rencontres
Feront de vous
De vrais bijoux

Laissez-vous guider
Dans cette rue pavée
Venez partager
Au café des écorchés…

Épilogue

Quelques mois étaient passés depuis l'ouverture du café des écorchés, et les trois compères étaient fiers du succès que rencontrait ce dernier.

Effectivement, ils avaient tous trois activé leurs réseaux, et le café ne désemplissait pas, ce qui les ravissait chaque jour un peu plus.

Pénélope se souvenait que grâce à ce café, tous trois avaient pu se libérer du fardeau qu'ils portaient sur leurs épaules, et eut soudain une pensée.

Elle s'empressa de la partager avec ses amis :

— Je viens d'avoir une idée.

Eugénie et Guillaume se retournèrent pour l'écouter :

— Vous savez, ce café a une si belle âme, il nous a été si utile à une période de nos vies où nous avions l'impression que tout partait en cacahuètes. Que pensez-vous de partager nos expériences ?

— Pourquoi pas, mais de quelle manière ? lui répondit Guillaume.

— Eh bien, si vous le souhaitez aussi, je vais en parler à ma coach, et lui proposer d'effectuer des ateliers peinture au café avec les femmes dont elle s'occupe, êtes-vous d'accord ?

Eugénie ne put s'empêcher :

— Oh ! mais quelle merveilleuse idée, Pénélope, nous pourrons même aider, ces personnes en difficulté.

— Tout à fait, et peut-être, partager avec elles leurs peines, comme nous avons partagé les nôtres à l'époque.

— Excellente idée, Pénélope, quand as-tu ton prochain rendez-vous ?

— Bientôt, Guillaume, bientôt.

Annexe
Le petit guide du « burnout » dédramatisé de Pénélope

Pénélope, maintenant au bout du tunnel, a décidé de partager avec vous son petit guide de dédramatisation du « burnout ». Des avertissements quant aux ravages que ce dernier peut provoquer en vous. Elle vous souhaite tout le meilleur du monde dans l'épreuve que vous traversez et vous assure qu'on parvient à s'en sortir.

Elle vous le délivre, ci-dessous, brut de décoffrage, sans chichi, sans mise en forme, car il n'y a pas d'autre moyen pour qu'il soit percutant.

Qu'est-ce qu'ils vont penser au boulot ?

Ben là, maintenant tu t'en fiches, ton seul boulot c'est de remonter la pente, tant pis pour eux s'ils t'ont poussé à bout, ce n'est pas que de ta faute. Ils ont leur part de responsabilité. Je sais, c'est triste de devoir en arriver là pour qu'ils en prennent conscience, mais on a qu'une vie alors sauve ta peau !

Tu dors tout le temps, mais quelle larve tu es !

Eh bien non, c'est normal ! On parle d'épuisement

professionnel. N'oublie pas que tu as trop tiré sur la corde, alors maintenant, il faut prendre le temps de la recoller et à la « super glue » si tu veux recommencer le travail un jour. Et n'oublie pas que tu as consulté un médecin ou un psychiatre, et que les médicaments que tu prends n'ont pas le même effet sur toi que le Médoc (grands vins de la région bordelaise).

Tu ne te laves pas, t'as raison, y'a plein de gens qui puent de toute façon !

C'est normal, c'est un effort d'entrer dans la baignoire pour se laver, ça peut même être angoissant, alors vas-y petit à petit, à la limite mets un rideau de douche transparent, des fois, c'est plus facile, car tu vois à travers et sinon, comme au bon vieux temps, sors le gant de toilette !

Manger c'est pénible, il faut préparer et il faut ranger après !

Alors mange des mets simples, faciles à avaler, de type épinards hachés et œufs au plat, ce n'est pas fatigant à mâcher et tu mets tout dans le lave-vaisselle, il est fait pour ça.

Le ménage ! Faut que je fasse mon ménage !

Tu n'en as pas envie, tu ne le fais pas. Si les personnes qui viennent chez toi ne sont pas contentes, tu leur donnes les produits et l'aspirateur.

Tu verras ils ne te diront plus jamais que c'est sale, et ne te feront pas pour autant ton ménage ! Au pire, demande à ton assurance maladie qu'une aide-ménagère te soit déléguée, mais je ne suis pas convaincue que ce soit forcément mieux…

Tu oublies tout, tu ne mémorises rien, c'est normal !

Ton cerveau est en mode repos, alors reprends un agenda papier, je sais c'est la misère de nos jours, mais note tout dedans, tes rendez-vous, les téléphones à faire, etc. Quand tu vas essayer de passer une super bonne nuit, regarde-le, et quand tu émerges le matin, tu l'ouvres pour être sûr de ne rien louper… Même que comme ça, tu verras, tu vas te mélanger les pinceaux et tu manqueras certains entretiens, mais y'a plus grave dans la vie !

Vu que ta mémoire va te jouer des tours « la sale bête », je te conseille de demander à ton médecin, quel qu'il soit de te faire une ordonnance pour un semainier. Tu le remplis tous les dimanches soir de ta médication, et comme ça, tu n'as pas à te prendre la tête avec le : j'ai pris ou je n'ai pas pris, là tu sais où tu en es ! OK c'est pour les personnes âgées, ce truc, mais ça va te faciliter la vie !

Tu dois rencontrer des gens que tu ne connais pas, que tu n'as jamais vus et ça te met hyper mal !

Normal, tu n'as pas vu leur tête et tu sens que tu

vas te faire juger. Mais non, je te rassure, les soignants sont là pour t'aider, imagine-les sur les toilettes en train de… enfin, tu vois ce que je veux dire.

Tu n'oses pas sortir de chez toi, et alors c'est que tu t'y sens bien !

Fais comme tu veux, ne te sens surtout pas obligé d'aller dire bonjour à tante Odette, parce que tu lui avais promis avant… Tu en as envie, tu y vas, tu n'en as pas envie, tu restes chez toi.

Tu as peur du regard des gens !

Rassure-toi, eux aussi ils ont peur quand ils te voient, mais en fait, ça c'est ce que TOI tu crois, le regard des autres n'a pas changé, c'est toi qui le perçois différemment. Le miroir peut être effrayant aussi, alors évite-le au maximum et n'oublie pas que tant que tu as une mauvaise estime de toi, les autres la percevront. Les cernes, ce n'est pas grave, ça donne un côté mystérieux, et n'oublie pas qu'ils ne sont pas dans tes bottes, ils n'ont pas le droit de te juger, mais s'ils le font, il faut passer outre.

Aller faire les courses quelle galère, y a des gens, c'est franchement difficile !

Si tu n'as pas de personnes de confiance pour t'accompagner, utilise le caddie comme protection. Mets-le de manière à ce qu'il soit toujours entre toi et un mur, ça aide et si ça ne va pas, laisse ton caddie où il est, va prendre l'air, respire un bon coup et hop on y retourne. Sinon, il y a les « shops » en ligne, ça coûte plus cher, mais ils te livrent, et ça dépanne bien.

Quel temps je mets pour faire les choses !

Avant en 15 minutes je l'avais fait, maintenant il me faut minimum 1 heure… Ben, c'est normal, tu es fatigué, tu mets plus de temps pour faire les choses, alors ne t'énerve pas, ce sera encore pire ! N'oublie pas non plus que ton cerveau fonctionne en mode économie d'énergie et que tes fonctions cognitives ne sont plus ce qu'elles étaient.

Purée j'ai peur de tout, mais ce n'est pas possible, je deviens dingue !

Non, tu n'es pas fou, quoique, peut-être un peu, mais c'est normal, tu es plongé dans un état de semi-coma par ta médication et la fatigue. Tu ne vois pas la vie sous le même angle. Apprends à apprivoiser tes angoisses, laisse-les monter, à force tu arriveras à les gérer.

C'est étonnant, peu de gens prennent de mes nouvelles !

Ben, c'est normal, tu ne sers plus à rien, tu es malade et des fois que ça s'attrape… Tu en auras, des surprises, même de personnes que tu pensais à tes côtés pour la vie. Mais ce vide-là te permet de faire un grand ménage dans tes connaissances, que ce soit au niveau familial ou amical et c'est une bonne chose ! Trop bon, trop con, tu connais ? Ben voilà, c'est fini. Par contre, au fil du temps, tu vas rencontrer d'autres personnes et tu découvriras très certainement des perles de bienveillance autour de toi.

Mon Dieu, déjà que je n'ai pas envie de marcher, il faut que je conduise !

Impossible, j'ai peur de la voiture ou d'avoir un accident, etc. Essaie quand même de faire un petit trajet tous les jours, car bien souvent, après le « burnout », les personnes ne conduisent plus du tout, ce serait dommage au prix du permis et des prunes !

Rendez-vous à l'extérieur, comment vais-je y aller ?

Si comme moi, tu développes de l'ochlophobie (la peur du monde), il va t'être difficile d'envisager les transports publics. Tu prends un taxi ou tu demandes à une personne de te conduire. Dans les deux cas, tu te sens un peu minable, surtout que tu as ta voiture sur le parking, mais tu ne peux pas l'utiliser. Les transports publics sont impossibles à prendre, tu n'as pas trop le choix. Si tu ne trouves personne pour te conduire et que tu ne peux pas prendre le taxi regarde les petites annonces, il y existe des retraités qui proposent de transporter des personnes. Ça peut être un bon plan.

Déjà, que t'es au fond du trou y a l'assureur qui veut te rencontrer !

Ne te prends pas la tête, reçois-le, MAIS toujours avec des témoins, tu as été manipulé auparavant et je t'assure, avec lui, ça va continuer. Protège-toi et, surtout, méfie-toi de ce lascar, tu verras comme il a l'air gentil, courtois et bienveillant, mais ça, ce n'est que du pipeau… En partant de chez toi, il va appeler ton employeur pour lui demander de te virer ! Lui, c'est son seul but, tu as cotisé toute ta vie, rien à faire, là tu lui coûtes et il va tout faire pour arriver à ses fins. Prépare-toi à être manipulé dans tous les sens et surtout, si tu en as la force, tiens ton employeur au courant après chaque rendez-vous. S'il tient un tant soit peu à toi, il ne transigera pas dans le sens de l'assureur, même s'il lui fait des propositions alléchantes. Eh oui, c'est comme ça que ça fonctionne maintenant ! Alors, protège-toi bien, histoire de ne pas en prendre plein les dents. Assureur-voleur, tu connais !

La honte, je ne fais plus rien de mes journées !

Essaie de te trouver une activité qui te plaît comme le dessin, la peinture, le tricot ou autres. Tu verras que ça te fera un bien fou, d'une part ton cerveau sera occupé et d'autre part, tu éprouveras de la satisfaction d'être parvenu à produire quelque chose de tes mains. Attention, après ça peut devenir addictif, mais c'est une bonne dépendance.

Et puis le temps passera, plus ou moins vite, et tu verras qu'un jour, tu auras une petite victoire, puis une autre et ainsi de suite. Tu vas doucement recommencer à avoir envie de participer à la vie dans tous les domaines, et là, il faudra quand même que tu fasses très attention. Ce n'est pas parce que tu vas mieux que tu es guéri. Il faudra prendre les choses, tranquillement, les unes après les autres, te ménager encore, car tu verras, la fatigue est persistante, mais de jour en jour, tu vas te sentir mieux, tu remarqueras des progrès au niveau de ta mémorisation, etc.

C'est un peu comme une nouvelle naissance, mais n'oublie pas d'aller doucement, car tu es encore plus fragile que tu ne le penses. Il faut laisser le temps au temps, si tu veux revenir au meilleur de ta forme et de toi-même.

Remerciements

À mes parents et à ma tante.

À mes chers amis :

— William Monteiro pour son témoignage et la confiance qu'il m'a démontrés avec son récit ainsi que pour le graphisme de la couverture de cet ouvrage.

— Sandy Koegler pour sa participation active et pour la composition du poème du café des écorchés.

— Martial Vout, fondateur de l'AMVAF, qui lors d'ateliers d'autodéfense instinctive m'a permis de libérer ma colère et de reprendre confiance en moi, et pour son travail de relecture de cet ouvrage.

À Gaëtan Jamet qui ne m'a jamais laissée tomber.

À Danielle Dummermuth qui a cru en moi et m'a indiqué le chemin à prendre pour en arriver là.

À mes amis et amies réels ou virtuels qui se sont collés à la relecture de mon tapuscrit avec honnêteté et bienveillance, et qui m'ont encouragée à le publier.